君はフィクション

中島らも

集英社文庫

君はフィクション　目次

編集協力・小堀純

君はフィクション

山紫館の怪

牡丹鍋《ぼたんなべ》を一人で食べるというのも、奇妙な感じのものだ。

正確に言えば私一人ではなくて、ころころとよく笑う小肥《こぶと》りの女将《おかみ》が横について、何かと世話をやいてくれるのだが。

私はさっきから、鍋の圧倒的な量に気圧《けお》されてしまっていた。大ざるに山盛りの野菜。猪肉《ししにく》の匂《にお》い消しなのだろうが、ゴボウだけで大人の手のひとつかみくらいある。あとは推して知るべしで、その野菜と豆腐の山のすそ野に、猪肉でこれは五枚くらい。こってりと脂をまとった、不機嫌そうな色の肉。

女将はそれらをどんどん鍋に放り込んでいく。割下は濃い味噌《みそ》味《あじ》のつゆだ。

「お客さん、猪肉はね、よく煮込んだ方がおいしいから、野菜と豆腐から先に食べていった方がいいよ」

「ああ、そうかい」

私は言われるままに煮えた豆腐を取って口に運んだ。味はずいぶん甘辛くて、こんな濃い味のものはたくさんは食べられないと思った。私は清酒をコップに注《つ》いで、それで口をすすいだ。

「お客さんは、丹波篠山《たんばささやま》には観光で来たの？」

「え。いや、仕事だよ」

「仕事？　篠山で仕事なんかあるの」

「私はね、地図を作っているんですよ」

「地図？」

「うん、こうして」

私はカバンから書き込み用の台紙を出して女将に見せた。丹波篠山の町並のアウトラインが書かれていて、その上に半分ほどびっしりと細かい字で書き込みがなされていた。

「こうやって、伊藤なら伊藤、桂《かつら》なら桂と、一軒ごとに書き込みを入れていくんだよ。この山紫館も、ほら、ここに書いてある」

「あら、ほんとだ」

「地味な仕事だよ。でも歩きまわるから身体《からだ》にはいいかもしれない。今日も丸一日この篠山を歩いて、半分くらいは仕事をすませた」

「あら、そうなの。小《ち》っちゃな町だろ、ここは」

「箱庭みたいな町だね」

篠山は、城を中心にかっちりと四角形に組まれた城下町だ。私は今日その東側の半分を調査してまわった。「ネオン街」と銘うった淋《さび》しげな商店街があった。肉屋ではおもしろいものを見た。ごく普通の精肉店なのだが、表にごろんとふたつ、猪《いのしし》の死体が転がっていた。大きいのと小さいのと、親子なのかもしれない。私はおそるおそる近寄ってみて、ぎょっとした。猪の冷たくなった死体からばかでかいダニが行列をなして逃走していたのだ。山椒《さんしょう》の実ほどの大きさのダニだった。宿主の死を悟って逃げ始めたのだろう。それにしてもどこへ向かって。そのダニどもの愚かさは、人間の悪あがきに似ていた。

「そうすると、お客さんはいろんなところへいくんだ。うらやましいねえ。私らこの小さな町から出たこともないのに」

「でもなあ。仕事だからねえ」

「いろいろおもしろいことにも遇《あ》うんだろ」

「おもしろいことなあ」

別におもしろくはないが、奇妙な体験というのはときどきある。たとえばある漁村を調査したときのことだった。浜辺に小さな小さな掘立て小屋のようなものがあるので、これは漁師の網置き小屋か何かだろうと思って、いきなり戸を開けたら、一家が五人で飯を食っていた。じろりと見上げる十の目。もうその間の悪いことといったらなかった。

逆の例もある。やっぱり掘立て小屋で、前の例もあるので、

「今日はぁ」

と何度も呼んで、返事がないので戸を開けてみたら糞溜《くそだ》めだった。

とにかく、表札のない家は私のような地図業者にとっては困りものだ。

「もう猪肉が煮えてきたよ。ひとつお食べな」

女将が猪肉のひとひらを手元の小鉢にふうわりと入れてくれた。猪肉を嚙《か》みしめると、濃い味噌の味の中にぎしぎしとする歯応《はごた》えがあり、旨味《うまみ》と同時に強い野味を感じた。

「女将さん。私一人につきっきりでいいのかね。他の客の世話は」

「なに。季節はずれだからね。今日の泊まりはお客さん一人だよ」

「ああ、そうなの」

「二八《にっぱち》は駄目だねえ。猪の猟の解禁日になると、どっとお客が押し寄せて、山の方にはね、〝流れダマに注意〟なんていう立札がたつんだよ。そんなものどうやって注意するんだろうね。あっははは」

女将は銀歯を見せて笑った。

「男のお客さん一人だっていうからね、ほんとは私、気ぃ使ったのよ」

「どうして？」

「女の一人客とかね、男の一人客っていうのは、たまに鴨居《かもい》で首吊《つ》ることがあんのよ」

「ああ、なるほどね。この山紫館でもそういうことあったの？」

「あったわよ。何せ古い旅館だから」

「何年くらいやってるの？」

「そうねえ、もう九十年くらいにはなるわ」

そういえばこの山紫館は見るからに古そうな旅館だった。軒は低くうなだれ、歳月の重みにかろうじて耐えているように見えた。壁の格子戸も、一歩入ったところの大黒柱も帳場も黒ずんだ飴色《あめいろ》に鈍く光っていた。旅館としては中流の宿である。私の商売では経費を抑えるために、一流の観光旅館やホテルに泊まることは、まず絶対といってない。たいていは民宿、商人宿、木賃宿のたぐいである。それを考えると、この山紫館は上等の部類に入る。

私は酒を三本飲み、猪鍋の半分ほどを辞退して夕食を終えた。喰《く》い散らした鍋の表面にはぎらぎらと猪の脂が浮いていた。

それから風呂に入った。十人入ればいっぱいくらいの岩風呂だった。ゆったりと浸っていると、今日一日の疲れが溶けて流れていくような気がした。

その後、昼間調査した、〝ネオン街〟というのに繰り出してみることにした。が、いってみると、ネオン街は夜の八時だというのに灯《あか》りひとつついていず、しいんとしていた。

仕方なく山紫館に戻り、ナイト・キャップのウィスキーを三口ほど飲んで床に入った。A・アルトーの『演劇とペスト』というむずかしい文を読んでいるうちに、とろりとろりと睡魔が襲ってきて、私は本を顔面にかぶせたまま寝入ったようだ。

夜半、尿意を催して目が覚めた。

ひどく背筋が寒かった。クーラーは切って寝たはずだ。この寒気はなんだろう。四周を見渡して、それから天井のあたりを眺めてみて、〝あっ〟と声を上げそうになった。

天井の一角に老婆《ろうば》が浮いていた。その老婆は両手に赤ん坊を抱いている。二人ともが青白く透き通って浮いていた。赤ん坊は激しく泣いていて、その泣き声がフィルターを通したような感じで、私の耳に届いてきた。

老婆はその赤ん坊の顔を覗《のぞ》き込んで、こう言った。

「もっと泣けえ」

私はぞっとして目を閉じてしまった。それでも私の耳には赤ん坊の泣き声と、塩辛い老婆の声が聞こえてくる。

「もっと泣けえ」

「もっと泣けえ」

私はふとんの中にすっぽりと身を隠して、がたがたと震えていた。その泣き声と老婆の声は五分くらい続いていたろうか。やがて静かになり、私はおそるおそるふとんから頭を出して、天井の一角を眺めてみた。そこに凝《こご》っていた空気はすっきりと冴《さ》え渡り、認めるところのものは何も無かった。

しかし、私は神経にハリを刺されたようになって、もはや朝まで一睡もできなかった。

次の日の朝食も女将がじきじきに給仕をしてくれた。

「お客さん、よく眠れたかね」

私は生玉子にショウユを入れて、かきまぜながら、

「え？　眠れるもんかね」

女将は、飯をよそう手をぴたりととめて、私を半眼でにらんで言った。

「ああ、やっぱり出たの」

「……出たよ」

「どんなのが出たの」

私は詳細を女将に語って聞かせた。女将は驚いて、

「へえ。〝もっと泣けえ〟って言ったの。それはいったい何なんだろうねえ」

「ちょっと待ってくれ。こういうのは初めてなんですか」

「うん、初めてだよ。なんせうちは旅館だからねえ。人間も往き来するけれども、霊の方もどっかから来ては、素泊まりで一泊二泊して、またどっかいっちゃうのさ」

私は、また朝一番から出かけて、丹波篠山の地図調査をした。しかし、仕事をしてい

る間中、〝もっと泣けえ〟が頭にこびりついて離れなかった。

私は地図の下図に書き込んだ山紫館のところに、青のマーカーで印をつけた。そしてボールペンで細かい字を書き込んだ。

「幽霊No.56」

あちらこちら転々としていると、いやでも幽霊に出会う。私の幽霊ノートのコレクションがまたひとつ増えた。

君はフィクション

「……ごめんなさい。遅れちゃった」

くぐもった風景を切り裂くように香織が現われた。これといって派手な服装をしているわけではない。上品なチェックのAラインのそでなしワンピース。淡いモスグリーンのモヘアのタートルネックセーター。黒いタイツ。かかとの高いフィットブーツ。モヘアのような髪から賢そうなおでこがのぞいている。

バーのスツールに腰かけると髪の毛をかき上げながら香織が言った。

「待った？」

おれは言った。

「もうちょっとで化石になるところだった」

「タクシーの中で走り出しそうだったのよ、私」

「何かたのめよ」

「あ、そうね。あなたは何を飲んでるの」

「おれは、ややこしいものを飲んでいる。マティーニをウォッカベースにして、それもロックにしてベリードライにしている」

「ベリードライってどういうこと」

「マティーニには風味づけにベルモットっていう甘いリキュールを何滴かたらすんだが、このベルモットを〝気配〟程度に薄くたらすのがベリードライだ」

「ふうん。じゃ、私もそれ」

やがて涼し気な氷の音をたてて飲みものが運ばれてきた。

「どう、お仕事は」

「今は純文学にトライしているんだ」

「純文学？　嘘《うそ》でしょ」

「嘘じゃない。〝巨大茶碗《ちゃわん》の逆襲〟っていうタイトルで」

香織がからからと笑った。細い顎《あご》がきれいに揺れた。彫刻した大理石のような頬《ほお》。小さくて薄い唇。はかなげで大きな目。糸をひいたような眉毛《まゆげ》。

「いいバーね。夜景がすごいわ」

おれたちはパークハイアット東京の五十二階にある〝ニューヨーク・バー〟でカクテルを啜《すす》っている。宝石箱のでかいのをひっくり返したような夜景が見はるかす限り広がっていた。

「このホテルにくるのは初めてかい」

「待ち合わせに一度使ったことがあるけど。こんなすごいバーがあるなんて知らなかったわ」

「その待ち合わせした男も手ぬかりだな」

「いやあねえ。妹とよ」

「詩織ちゃんは元気にしてるかい」

香織には双生児の妹がいる。香織は証券会社に勤めているが、妹の詩織はプータローをしているらしい。姉妹でもずいぶん性格がちがうようだ。

「彼女、また失恋したのよ」

「ええっ、またなの。この前の失恋がたしか三カ月前だよ」

「恋多き人なのよ。じゃんじゃん恋をしてはジャンジャンふられるのよ」

「元気がいいと言えばいいんだろうけどね。で、悲しんだりしないの」

「一応悲しがってるふりはするんだけどね。それと、よく食べるわ、失恋すると。昨日も普通に夕食を食べた後に肉まんを三つとアイスクリームの大きいカップのをひとつとサンドイッチを二パッケージ食べてたわ」

「肥《ふと》らないのかな」

おれは、近いうちに過食症の女性についての小説を書こうと思っていたので興味をかきたてられた。

「治るのよ。次の男ができたら、ぴたっと」

おれは詩織に会ったことがない。姉妹は中目黒のマンションに二人で住んでいる。そのマンションにもおれは行ったことがない。ついでに言えば、そのマンションで飼っている猫、きんちゃん、ぎんちゃんも見たことがない。

「猫はどう」

「ずいぶん大きくなったわ。おかしなものね。同じお腹《なか》から生まれたのに全然性格がちがうんだもの。体の模様もちがうし。きんちゃんは元気でやんちゃなの。家中、でででって走りまわってうるさいのよ。それに比べるとぎんちゃんは静かでおとなしいわ。詩織はね、きんちゃんの方が好きなの。一緒に部屋中走りまわってるわ」

「同病なんとかってやつだな」

「ね。ほんとに一度うちにきてよ。妹と猫とみんなまとめて紹介するわ」

「ああ、行きたいとは思ってるんだけどね。今かかっている長編が仕上がったらぜひ一度お邪魔するよ」

「忙しいのね」

「でもね、今日は少しはゆっくりできるんだよ」

「そうなの？」

おれはジャケットの内ポケットからキーを取り出した。このホテルのルームキーだ。

「スイートだよ」

「おれはほんとに田舎者《いなかもの》だ」

部屋に入ると、おれはさっそく内部を点検し始めた。内部の構造がどうなっていて、どこに何があるか知っていないと心配なのだった。

スイートだからといってことさら異なった構造になっているわけではなかった。応接間とベッドルームと水まわりがある。ただそれらのいちいちが段ちがいに広くてゆったりとしていた。風呂はシャワールームとバスタブが別のスペースになっていた。

「このスイートには」

おれは香織の顔を見ながら言った。

「テレビが三つある」

「え？」

「応接間にでかいのがひとつ。ベッドルームにひとつ。それからバスルームにひとつ。信じられるかい、バスルームにだよ」

「もう。貧乏くさいからやめなさいよ」

香織はほのかに笑って言った。

「そうさ。おれは貧乏人のせがれだからな。君の家とはちがう」

香織の家は都内に何軒も家を持つ資産家らしかった。今、姉妹が住んでいるマンションも親のものだった。なぜ別々の物件を与えてやらなかったのかとも思うが、悪い虫がつかないように慮《おもんぱか》ってのことなのかもしれない。

香織はバスルームに行くと、しばらくして戻ってきた。バスローブ一枚に身をつつんだ香織は輝くように美しかった。いや実際に輝いていたのかもしれない。おれは香織のバスローブを脱がすと、身体《からだ》の中にあるはずの光源を探した。やさしく、慎重に。それはひそやかで楽しい作業だった。

香織の身体はおれの愛撫《あいぶ》にしなやかに応《こた》えたがきわめておとなしいセックスだった。声をあげるようなことも一切なく、上品すぎておれには物足りないくらいだった。


ことが終わって、おれは香織をやわらかく抱きしめた。

「蛇のように抱きしめてる」

「蛇?」

「おれは君を蛇のように抱きしめてる。最初はこうやってやわらかく抱きしめてるが。ほら、だんだんこうやって力が加わっていく」

おれは腕に少しずつ力をこめていった。

「おれは、穴の、闇《やみ》の、盲目の王様だ。君の胸を絞め上げる」

「やめて。苦しいわ」

「ウェル、アイム・ア・クロウリング・キングスネイク」

「お願い。やめて」

おれは一気に脱力した。香織はぐったりとなった。

「ひどい人」

「そうさ。ひどい男で、貧乏人の息子で、サディストで、悪意に満ちている。そうでもないと」

「そうでもないと？」

「そうでもないと小説なんて書けないよ」


長期にわたってかかっていた小説がやっと書き上がった。五百枚くらいの作品のつもりでいたのが、結果的には七百枚になった。ラストの二百枚くらいを書いているときには、さすがに香織にも逢《あ》えなかった。「白髪の拳銃《けんじゅう》」というタイトルはアンドレ・ブルトンの詩集からパクったものだが、中身は大ちがいで初老の日本人のブルースマンが暴力団同士の抗争にとり込まれていく話だ。あまりに苦労して書いたので、自分でもよくできているのか駄作なのかわからない。どちらでもよいような気になってくる。

とりあえず、二週間ほどやめていた酒を飲むことにした。この日のためにとっておいたシャンパンを開けた。

「お疲れさん」

誰に言うでもなくつぶやく。

ちくちくしたシャンパンの感触が喉《のど》のあちらこちらを刺激しつつ下におりていく。胃の中にやがてぽっと火が点《とも》る。

無性に香織に逢いたくなった。

おれは電話に腕を伸ばした。

「見いつけた」

京王プラザホテルの二階の〝ブリアン〟というバーでソルティドッグを啜っていると、いきなり目かくしをされた。

目かくしはすぐにほどかれて、おれの前に一人の女の子が座った。それは香織だった。しかしそれにしてはたいへんな違和感があった。まず、その子は髪の毛がピンク色だった。

ミルクで買ったようなブラウスを着て、ヒステリック・グラマーのセーターを着込んでいた。スカートは二種類のスカートを自分で破って組み合わせたもののようだった。ゴロンとした感じの底の分厚いワークブーツをはいていた。

香織がこんなパンキッシュな格好をするわけがない。しかし、メークがちがう点を除けば、その顔立ちは香織そのものだった。

「初めまして。詩織です」

言われて初めておれは驚きから解放された。

「ああ。君、妹さん」

「姉がいつもお世話になってます。あ、あたし、ウォッカソーダをダブルでちょうだい」

ずいぶんとゴーケツだな。おれは心の中で思った。

「お姉さんはどうしたの？」

「あ、お姉ちゃんね、急用があってこれなくなっちゃったんです。何だって言ってたっけな。うん、勤め先の経理の金額が合わなくなったとかで、急に全員残業になっちゃったみたいなこと言ってました。ああいう会社とか銀行とかって大変らしいですよ。一円単位できちっと合わないと、みんな帰れないんですって。で、待ってもらってるのに悪いから、詩織ちゃん代役で行ってって、さっき電話はいって」

「ああ、そうなの」

「そうなんです。でも、あたしってこのバーに、とことん似合ってないわ」

「そんなことないよ」

「そんなことあります。いつもの格好で出てきちゃったのがぬかったわ」

ウォッカソーダが運ばれてきた。

「飲みものっていってもこれしか知らないし」

「いつもはどんなとこで飲んでるの」

「白木屋ですね」

「うん」

「村さ来」

「ああ」

「つぼ八」

「なるほど」

「一品七十円からあるところなら、たいてい行きます、あたし」

「どんな人と行くの」

「友だちで、ミュージシャンぽい人が多いかな。ホコ天でアコギ弾いて歌ってるような。目の前に帽子を置いてお金集めてるような」

「みんなお金ないんだろうねえ」

「びっくりしますよ。だって〝住所〟のない人もいるんだもの」

「住所がないっていうのはどういうこと？」

「知人の家を泊まり歩いてるんです。ご飯も食べさせてもらって。だって年収六万円だったりするんですもの」

「すさまじい生活だね」

「若さをうらやむ中年男の気がしれないわ。伊藤さんはどう、うらやましい？　若いってことが」

「まっぴらご免だね、若さなんて。不安で金がなくて、性欲を持て余しているだけだ。ただ……」

「ただ、何？」

「今のこのノウハウとタクティクスを持ったまま二十二、三まで遡《さかのぼ》れるなら、それはそれで悪くないかもしれないな」

「そのノウハウを女の子相手に使うんでしょう。いやらしぃい」

「こらこら、誰もそんなこと言ってないじゃないか」

たいした会話をしたわけでもないのに、わずかな時間のあいだに、おれと詩織はずいぶんと打ちとけた。詩織は香織とはまったく正反対の女だった。はきはきしていて向こう見ずで、少し悪だった。

お互いの飲みものが空になったのを見計らっておれは言った。

「何か食べに行く？　それともここでもっと飲む？」

「ごめんなさいね。あたしお腹一杯なの。悪い癖が出て、過食しちゃったのよ。コンビニで売ってるスパゲティととんカツ弁当を食べて、それからあんパンを三つ食べて、

〝あ！　あれたべよ〟のカレーを食べてそれから」

「あ、もういい、わかったよ。わかったからそれ以上言わないでくれ。胸が悪くなりそうだ」

「あら、ごめんなさいね」

「いや、いいんだ。君が何を食べようと君の自由だ」

詩織はにんまりと笑って言った。

「ほんとはね、今言った倍くらい食べてるのよ、あたし」

「お姉ちゃんが言ってたよ。新しい彼氏ができると、ぴたっと治るらしいね、その過食症は」

「えー。嘘ぉ。そんなことまで言ってるの、お姉ちゃん」

「君のことはよく話題にのぼるよ。だから一度会いたかったんだ」

「どう？　会ってみて」

「可愛いね」

「そう？」

「そう思わない？」

「もし、ここにお姉ちゃんがいたとして、どちらか一人選べって言われたら、どうする？」

「そりゃ、もちろん君の方を選ぶよ」

「ふうん。そうなんだ」

「馬鹿なこと言ってないで、お代わりを頼もう。同じものでいい？」

「食べるか飲むかしかないの？　そんなデートおもしろくない」

「じゃあ、どうすればいいんだ」

詩織はぶら下げていた革製のポーチから鍵《かぎ》を一つ取り出して、首の横で振ってみせると、にっこり笑った。

おれはいぶかし気に尋ねた。

「何、それ」

「京プラのルームキーよ。さっきチェックインしといたの。１２０４号室」

完全に裏をかかれたおれは、裸でベッドの上の人となっても、まだ混乱していた。今まで、あの手この手の術策をもって女の子をモノにしようとしたことはあるけれど、向こう側から仕掛けられたのは初めてのことだった。

煙草《タバコ》を吸いながら混乱していると、バスルームから詩織が全裸のままベッドに飛び込んできた。

「やっほう」

胸にしがみついてくるのを、おれは手で制した。

「なあ、ほんとにいいのかい」

「いいって何がよ」

「お姉さんに背いてこんなことしちゃってほんとにいいのかい」

「そんなこと。あたしはね、お姉ちゃんの持ってるものは何でも欲しくて仕方がない、そういう子だったのよ、昔から」

「でも、君とお姉さんは、その、何ていうかずいぶんちがうように見えるけど」

「そうでしょ。お姉ちゃんの持ってるもの、上品さとか、しとやかさとかがどうしても手に入らない。その反動であたしはこうなっちゃったのよ」

「そんなものなのかなあ」

「そんなものなのよ。それより、キスして」

おれは、おどおどと子供のようにためらいながら唇を合わせた。と、間髪を入れず、詩織の舌がぬめりとおれの口中にはいってきた。

それからはもう夢中だった。

詩織は蛇のように身をくねらせ、大きな声でおれの舌技に応えた。まさに香織と詩織はセックスにおいても正反対だった。

早く終わってしまいそうな気配を感じたおれは、気を逸《そ》らすために、詩織の右の乳房の上のあたりを激しく吸い上げた。まっ赤なアザがくっきりとできあがった。

「ほら、これでもう外《ほか》の男とできないよ。ざまあみろ」

「意地悪！」

詩織は怒ったふりをしながらも少し嬉《うれ》しそうに言った。


次の日、香織から電話があった。まさか昨日のことがバレたんではあるまいな、とおれは少しギョッとしながら受話器を手にした。

「もしもし、香織です。昨日はごめんなさいね、行けなくて」

「ああ、いいんだよ」

「どうだった、妹とのデート」

「その、何ていうか。とっても楽しかったよ」

「あんな子なのよ。元気がよすぎて、うるさかったでしょう」

「そんなことない。可愛いじゃない、詩織ちゃん」

「今、ちょうど男にフラれて過食気味なのよ」

「ああ、そんなこと言ってたな。あんな可愛い子を捨てる男の気がしれない」

「ほんとに？」

「うん」

「そう言ってもらえると妹のことでも嬉しいわ」

詩織の過食は、今日からぴたりと治っているはずだ。それを考えると少しうっとうしかった。よりにもよって双生児の姉妹を二人とも恋人にしてしまって、この先どうなるのだろう。

「あのね。お願いがあるの。変なお願いなんだけど」

「なに？」

「きんちゃんとぎんちゃんの面倒をみてもらえないかな、と思うのよ」

「猫の？」

「ええ。私と詩織と、鎌倉の実家へ三日くらい帰らないといけなくなったのよ。父親の体の具合が悪くなって」

「そりゃ大変だ」

「で、もしよければお願いできないかと思って。お忙しいんじゃないの？」

「ちょうど長編が終わったところだし、それにおれの商売はファックスさえあればエチオピアにいたってできる商売だから。いいよ、猫の面倒みるよ」

「じゃあ、家の地図、ファックスでそっちへ送ります。出かけてるのはあさってから三日間です。家の鍵は新聞受けのところに置いておきます。ほんとにごめんなさいね。こんなことたのめるのはあなたしかいなくて。詩織の友だちって、掃いて捨てるほどいるんだけど、パンク少年ばっかりで、どうせシンナーか何か持ち込むに決まってるのよ」

「さもありなんだね。住所がない奴《やつ》がいるんだものな」

おれは詩織のピンクに染めた髪の毛を思い浮かべた。


二日後におれは香織のマンションに行った。新聞受けの中の鍵を取り出してドアを開けると視界のはしに何やら茶色っぽいものが、でででっと走り込んできた。

「きんちゃん」

と、おれは呼んだ。狐色《きつねいろ》の猫がおれの顔を見上げて、にゃあと啼《な》いた。

もう一匹の猫、ぎんちゃんは窓の下の出っ張りのところでガラス越しの陽を浴びながらうっとりと目を細めていた。こう一目見ただけで、二匹の性格のちがいが手にとるようにわかった。

おれは猫缶を開けてやると、冷蔵庫の横の床に置かれた平皿に中身を入れた。途端にきんちゃんがダッシュしてきて皿の中に鼻を突っ込んだ。ぎんちゃんはその様子をじっと見ている。

二匹の性格のちがいは、そのまま香織と詩織の異なり方にそっくりで、おれは少し笑いそうになった。

二匹にエサをやると、おれは姉妹の住み家を探索し始めた。パークハイアットでやって、香織に〃貧乏くさい〃とたしなめられたが、おれはどこにどういうものがあるのか、確認しておかないと気がすまないのだ。

クローゼットをまず調べた。

香織のシックな服と、詩織のチープで派手な服とがくっきりと二つの色合いを見せて分かたれていた。

次におれは本棚を拝見した。本棚ほどその持ち主のメンタリティのわかるものはない。たいした本はなかった。おれが興味をそそられたのは、『ルー・リード／ワイルド・サイドを歩け』。それにアレイスター・クロウリーの著作集。これは多分詩織が読んでいるのだろう。

本棚の下の方にアルバムがあった。おれはパラパラとそのアルバムをめくってみた。ここ何年かの姉妹の写真集だった。水着姿の詩織やスキーウェアに身をつつんだ香織のスナップが次々と目にはいった。

「？」

おれは首をかしげた。

「とんでもないことを言う人ねえ」

香織が、吹き出しそうな表情を見せて言った。

「じゃあ何、私が二重人格で虚言癖だとでもおっしゃりたいの」

「ああ」

パークハイアット東京の部屋の分厚いカーテンを開けながら、おれは答えた。

「君と詩織ちゃんは、同一人物だ。そう思うよ」

「職業病で、頭でもおかしくなったんじゃないの。何を根拠にそんなことを言うの？」

「君の家で、アルバムを見せてもらったんだ。とてもたくさんの写真がはいっていた。けどね、君と詩織ちゃんが一緒に並んでいるフォトが一枚もなかった。普通ならツーショットの写真が十枚や二十枚ははいっていておかしくはないだろ」

「たったそれだけの理由で？」

「ああ。それだけの理由だ。それでおれには十分なんだよ。それに、もっと強力な証拠もある。こっちへきてごらん」

おれは、バスローブを着てベッドの端に固くなっている香織を手招いた。やってきた香織のバスローブをくるんと卵のようにむいてしまう。

「これは何だい？」

香織の右の乳房の上に赤いアザがあった。

「誰につけてもらったのかな」

「ちぇっ！　バレちまっちゃしょうがねえや」

詩織が鼻の下を手でこすって言った。

「やあ、詩織ちゃん」

「アザのことはすっかり忘れてたよ」

「君たち……君たちでいいのかな。そう呼ばせてもらうよ。君たちはどうしてこんなややこしい遊びをするようになったの。いくつくらいからしているの」

「二十歳《はたち》くらいからかしら」

香織が答えた。

「そうね。二人で住むようになってからよね」

と詩織。

「なぜこういう遊びを続けているの」

「それは人生が二倍楽しめるからよ」

「人生が二倍」

「あなたもやってみたら。ホラー作家とハードボイルド作家と二つの名前を持って」

その日以来、おれは二人の作家に分裂した。

ハードボイルド作家の方は香織と付き合い、ホラー作家の方は詩織と付き合うことになった。

合同婚のことを考えると、今から頭が痛い。

コルトナの亡霊

「観客が全員帰ってしまう？　それはどういうことだ」

編集局長の生駒《いこま》はシガリロの濃い煙を向かいに座っている可児《かに》に吹きつけた。可児は目をしばたたかせながら、

「ええ。先週の土曜日に封切りになって、今日で三日目なんですが、上映後ちょうど一時間目くらいにお客さんが全員映画館を出ていってしまうそうなんです」

「それはどういう映画だ」

「ホラーです。珍しくスペイン製の映画で、タイトルは『コルトナの亡霊』といいます。全編で九十分くらいの作品だそうです」

「可児君はそれを最後まで見たのか」

「いえ、おれはまだ見ていません」

「バカ。新聞記者が見もせずにネタを持ってきてどうする」

「申し訳ありません」

「面白そうな話だ。すぐに取材してこい」

可児は大新聞社の記者で、映画、演劇、舞踏、笑芸などの論評を担当している。うんざりするくらい下らない作品を取材することの方が多くて、これはこれでつらい商売だ。

先の映画の話は配給元の会社の人間から聞いた。昨日、そこへぶらりと立ち寄ると、古い友人の出目《でめ》ちゃんがいた。ミニスカートの長い脚を組んで煙草《タバコ》を吸っている。

「やあ」

「ハイ、可児君、久しぶり」

「日焼けしてる」

「ニューヨークへね、映画の買い付けに行っていたの。散々歩きまわったわ」

「いい映画はあったかい」

「だめね。みんなSFXに頼り過ぎて」

「今上映してる映画では何がいい？」

「そうねえ」

出目ちゃんはサラサラした髪をかき上げて考えた。

「今週は特にいいのってない。でもね、おかしなことがあるの」

「なに」

「『コルトナの亡霊』っていうスペイン映画でホラーなんだけど、お客さんが全員途中で帰っちゃうのよ。蒼《あお》い顔して」

「どうして」

「恐過ぎるのよ」

「どんな話なの」

「マドリッドの近くの寒村にコルトナ城っていう古城があって、そこに出る十二歳の少女の亡霊の話よ」

「恐そうだ。試写会ではどうだったの」

「プレスの人がたくさん見えたけど、みんな一時間で帰っちゃった。用事があるとか言って」

「ふうん。でも出目ちゃんは立場上何回も見たんだろ」

「うん。それが」

出目ちゃんは眉《まゆ》を曇らせて、煙草を揉《も》み消した。

「あたしも六十分目でリタイアしちゃった」

「え。それでどうやって宣伝用のパンフとかフライヤー（チラシ）とか作れるの」

「それは何とかかね。一時間見てればだいたいの内容はわかるから。ストーリー紹介にしても三分の二くらいまで書いて、あとは〝この後信じられない恐怖があなたを襲う〟とか、お茶を濁しちゃうのよ」

「プロ失格だね。どこがそんなに恐いの」

「スプラッターとかああいうご陽気なものじゃないのよ。あえて言えば、そう『オードリー・ローズ』とか『ゴシック』とか、ああいう種類の恐さね。背筋が凍りつくみたいな」

「でも、そんな変な映画をどうして買い付けてきたの」

「可児君、知ってると思うけど、映画の買い付けっていうのは〝抱き合わせ〟なのよ。たとえば『メン・イン・ブラックⅡ』を買いたいと思っても一本だけじゃ売ってくれない。くだらないB級映画を三本くらいつけて、四本でいくらっていうシステムになってるの。あたしたちはその三本のB級映画を消化しなきゃならない。ビデオ化したり、たまには映画館で上映することもあるけど。『ロボコップ』のビデオが出た後にすかさず『ボロコップ』っていう最低のビデオが出たでしょ。ああいうやり口よ。『コルトナ』はその中に紛れ込んでいたの」

「苦労するね」

「そうなのよ」

「じゃ、行くよ。今度ビールでも飲もう」

「いっつもビールだけでサヨナラなのね。つまんない男」

可児は福永玲子のマンションのブザーを押した。しばらくしてドアが開き、四十過ぎの美しい女性の顔が覗《のぞ》いた。

「失礼します。先程お電話さし上げた可児ですが」

「ああ、新聞社の方ね。どうぞ、お入りになって」

居間に通された。ビデオが三台あった。その他に映画関係の雑誌や資料、英語の脚本、辞典などがぎっしり詰まったラックが二台あった。辞書の中には「英米スラング辞典」などというものもあった。

ソファに座っていると福永が冷たい麦茶を運んできた。

「ここでいつも翻訳のお仕事をなさるんですか」

「ええ、台本を置いてビデオで画面を見ながらスーパーを書いていきます」

「せわしないお仕事ですね」

「はい。私はアメリカ映画とスペイン語の映画を訳しますが、ことにアメリカ映画はドラッグやセックスのスラングの塊ですから往生します」

「映画のスーパーの日本語っていうのは原作より随分短くしないといけないんでしょう」

「そうですわね。だいたい原文の半分くらい。三十字くらいが限度ですね」

「月にどれくらいの映画を翻訳なさるんですか」

「さあ。波がありますけれど、三本くらいですかしら」

「そんなに」

「慣れれば」

「実は今日お伺いしたのは、福永さんの翻訳された『コルトナの亡霊』についてお聞きしたかったんです」

麦茶を口に運んでいた福永の左手がぴたりと止まった。

「『コルトナ』……ですか」

可児は今映画館で起こっている観客の退館現象について簡単に話した。福永の首は段々とうなだれていった。

「そうですか。……やっぱり」

「お心当たりがあるんですね」

「あの映画は、とても恐ろしい映画なんです。何て言ったらいいかしら。人間の持っている〝恐怖〟という本能の根幹をえぐり取るような」

「でも福永さんは当然作品の全てをご覧になったわけですよね」

福永は唇を嚙《か》んでいたが、やがて首を横に振った。

「いいえ。私、最後までは見ておりません。三分の二を過ぎたくらいから全身ががたがた震えてとても正視できなかったのです。眼を固くつむって這《は》っていってビデオをOFFにしました。それが精一杯だったんです」

「でも、字幕スーパーは最後までできたんでしょう。それはどうして」

「スペイン語の脚本を見て、それだけを訳したんです。プロとして恥ずかしいことなんですが、それしか方法がありませんでした」

可児は腕を組んで福永を見た。彼女は小刻みに震えていた。

「いったい何が恐いのです。その映画はどういうストーリーなんですか」

福永は自分を落ちつかせるために麦茶を啜《すす》り、しばらくしてから語り始めた。

「時は第二次世界大戦中です。マドリッド近くのコルトナという寒村にドイツ軍が進駐してきます。一個小隊ほどの兵隊です。村のはずれにコルトナ城と呼ばれる無人の古城があり、ドイツ軍はここを兵営地に決めます。村人たちはそれを必死になって止めます。あの城に泊まって生きて帰ってきた人間は一人もいないのだから、というのです。コルトナ城には二百年前に領主によって惨殺された十二歳の少女の死霊が漂っていて、来たものを全て呪《のろ》い殺してしまうというのです。ドイツ軍の将校はそれを聞いて鼻でせせら笑います。『我がドイツ軍はいまや死霊よりも悪魔よりも恐ろしい存在だ。四十人分の十日間の食料と水とウィスキーを今すぐ調達して城に運び込め。さもないとこの村の住民全てを銃殺する。女も子供も赤ん坊もだ』。仕方なく村民はその命令に従います。ドイツ軍はその夜から城に駐屯します。そしてその夜から恐ろしいことが起こるのです」

「恐ろしいことというと」

「まず、不寝番をしていた兵卒の二人が、廊下をすっと横切っていく白装束の少女の姿を目にします。『娘がいるぜ』というので二人は少女の後を追いかけます。そして次の朝、二人の死体が発見されます。全身、裏返って」

「裏返って？　どういうことです」

「ちょうど蛸《たこ》を裏返すように内臓から何から全身が裏返っていたのです」

「ちょっと想像がつかない」

「映画のビジュアルで見ればわかります。それも一瞬しか映りませんが」

「それから」

「兵士の一人が夢を見ます。二百年前のこの城の情景です。領主は村の十二歳の処女を召し出してこれを犯します。そして少女がフェラチオに応じなかったことに激怒して少女の右頬《みぎほお》を焼きゴテで灼《や》きます。少女はその後、灼かれた頬が化膿《かのう》したのと食事を与えられなかったのが原因で、牢《ろう》の中で衰弱死してしまいます。全ての男を、権力者を呪いながら」

「なるほど。その後どうなるのですか」

「兵卒たちが次々と変死を遂げていきます。ある者は全身の血が失《な》くなって失血死し、ある者は冬でもないのに凍死し。自分の顔をナイフで削って白骨のようになって死ぬ者もいます。そうして四十人いた部隊は八人にまで減ってしまいます。少女が出るときにはいつも可愛らしいオルゴールの音が流れてきます。この辺なのです、私がリタイアしたのは」

可児は考え込んだ。

「お話を聞いていますと、確かに恐い。ゾッとします。しかし、多々あるホラー・ムーヴィーの中ではシノプシスを見る限りもっと恐いものがいくらでもある。『悪魔のいけにえ』とか『キャリー』とか『死霊のはらわた』とか。なぜこの『コルトナの亡霊』だけが、映画館から逃げ出してしまうほど恐いんでしょうか」

福永玲子はしばらく頬杖《ほおづえ》をついて考え込んだ末、重い口を開いた。

「わかりません。私にはわかりません。恐怖の盛り上げ方は確かにうまいけれど、でもそれだけではないような気もします。一度、映画評論家の方にお尋ねしたらどうかしら」

「適切な方をご紹介いただけますか」

「ええ。今泉民男さんなら。ホラーにも詳しい方ですし。何なら今から電話してアポをとりましょうか」

「そうしていただけるとありがたいです」

福永は傍らの受話器を取り上げた。

「ふむ。『コルトナの亡霊』ですか。客が逃げていく。なるほどなあ」

今泉民男はブランデーのグラスをなめながら何度かうなずいた。もう酒を飲む時間になっていた。

今泉は五十代半ばのでっぷりと太った男で頭髪はかなり淋《さび》しかった。この童顔はテレビでよくお目にかかる。

「この作品はスペインのカルロス・リベイロという監督が一九九六年に作った作品で、スペインの映画館でも全く同じことが起きているんだよ。観客がみんな映画館から逃げ出してしまった。それがかえって話題を呼んで空前の人々が映画館に押しかけたが、やはりみんな六十分目に退館してしまった。翌年のアボリアッツ映画祭にも出品している。ここでもジャッジや観客が途中退場した。呪われた映画だよ」

「その監督のカルロス・リベイロという人はどういう人なんですか」

「うん。元々映画畑の人ではない。大学で心理学を教えていた教授だ」

「心理学を」

「主にユングの深層心理学を教えていた。無意識とか夢とかシンクロニシティだとか、ほらいっぱいあるじゃないか」

「その人が映画を撮ったんですか」

「ああ。ただしこれ一本だけ。他の作品を作ったというデータはない」

「今泉さんがご覧になって、あの作品をどう評価されますか」

ブランデー・グラスをあおっていた今泉の顔に、一瞬〝ひるみ〟のようなものが見えた。

「やはり素人の撮った映画だね。カメラワークも悪いし特殊効果もこけ威《おど》しだ。だがね、恐怖というものの本質をやはりしっかり捉《とら》えている。最初何でもないことが段々蓄積していって視る者をどうしようもない恐怖に追いたてていく。さすがに心理学者ではないとできない構築だ」

可児は思い切って訊《き》いた。

「先生はラストの三十分間をどうご覧になられましたか」

今泉は途端にムッとなって、ブランデー・グラスをがちゃんとテーブルに置いた。

「私は後半の三十分は見ていない」

「ご覧になってないんですか」

「ああ。重要な打ち合わせがあって、試写室から退席せざるを得なかったんだ」

「嘘《うそ》でしょ」

「なに」

「あの映画の試写会では全員が六十分目に退出している。先生もその一人だったんだ」

今泉は黙り込んだ。随分長い時間がたった後、ぽつりぽつりと話し出した。

「あれは映画ではない。一種の呪文《じゅもん》のようなものだ。我々に潜在している恐怖の感情を根底から揺り動かす。あんなものは小屋にかけてはいけない。無意識に対する攻撃だ」

「……………」

「可児君といったか」

「はい」

「君は〝サブリミナル〟について調べてみたまえ」

「サブリミナル効果については多少は知っています」

「一時は学界から否定されていた。百年前の論理だといってね。だが今はもっと研究が進んでいる。研究者の伊藤教授を紹介しよう」

「ありがとうございます」

研究室への坂道を登っていると、汗が胸の間や背中を流れ落ちた。四十を越えていわゆる「厄年」になってから途端に体力が落ちてきた。「厄年」というのは迷信ではない。「統計学」なのだ。四十を越えると今まで積もっていた疲れが心や体に表面化してくる。それを昔の人たちは「厄年」と表現して警告を発していたのだ。

可児は昔から生真面目《きまじめ》な男で、酒は飲めば飲めるが、よほどのことがない限り飲まない。ギャンブルは一切やらない。女の方もからきし苦手でいまだに独り身である。女を買うこともしない。唯一の趣味といえば映画を見ることくらいだった。それが三十五歳のときに異動があって映画担当にまわされてしまった。それを聞いたときには嬉《うれ》しかった。しかし実際に現場に出てみると、これほどつらいものはない、とわかった。好き嫌いを言わずに全ての映画を見なければならないのだ。ポルノ映画からホモ映画、はては『ドラえもん』まで見る。自分の趣味を職業にすることのつらさをつくづく味わった。三面にまわしてほしい。今は真剣にそれを考えている。

坂道をやっと登り切った。

そこにバラックの建物があって、「伊藤深層心理研究室」と表札があった。

伊藤貢三郎教授は、やせて小柄な初老の男性であった。かすれているがよく通る声でしゃべる。

「サブリミナル効果については学界でも肯定派、否定派、中間派といろいろあって諸説紛々なのです」

「先生は何派なのですか」

「私は肯定派のまあいわば急先鋒《きゅうせんぽう》ですな。よく他の心理学者から『いつまでそんなことやってんだ』とからかわれます」

「しかし現実にはサブリミナル手法というものがいろんなメディアで使われているわけでしょう」

「そうです。たとえば一九九五年の五月にＴＢＳがこれをやって問題になった」

「どんな番組で使ったんですか」

「オウム真理教の取材番組です」

教授は後ろに山と積まれた書類の中から数枚のレポート用紙を探し出し、老眼鏡をかけた。

「TBSはこの番組の中で麻原彰晃のカットをほんの一瞬だけ、知覚できるかできないかのすれすれの何分の一秒かを各所にインサートして放映しました。TBSは『番組のテーマを際立たせるためのひとつの映像表現としてサブリミナル手法を用いた』と弁明しています。しかし公共のメディアであるテレビがそんなことをして許されるわけがない。郵政省はTBSに対して『厳重注意』の行政指導を行いました。TBS側も謝罪表明をしています。『視聴者が感知できない映像の使用はアンフェアであった』と言っています」

「信じられないことですね」

「天下の公器ですからね」

教授は冷蔵庫を物色して二本のコカ・コーラを持ってきた。

「坂道は汗が出たでしょう。あんまりよく冷えてないが、どうぞ」

「ありがとうございます」

可児はそのコーラをごくごくと一気に三分の一ほど飲み干した。確かに少し生ぬるかったが渇いた喉《のど》には甘露であった。

「冷蔵庫がこわれてるもんですから」と教授は笑った。

「サブリミナルというと、私の知っているのはコカ・コーラとポップコーンの話だけです」

「ああ、有名な話ですね。あれはアメリカのヴィカリィという学者が一九五七年に行った実験です。ある映画館で『ピクニック』という映画をかけておったんですが、その映画フィルムの中に五秒ごとに三千分の一秒だけサブリミナルのメッセージを入れた」

「どういうメッセージですか」

「〝DRINK COKE〟〝EAT POPCORN〟というものです」

「観客には知覚できないのですね」

「できません」

「結果としてどうなったのですか」

「六週間の実験期間中に、売店でのコカ・コーラの売上げが十八%、ポップコーンの売上げが五十八%増加しました」

「たいへんな数字ですね。それでもサブリミナル効果を認めない学者がいるのですか」

「学際的に有意であると認めないんですよ。心理学の実験というのは、基本的に大学の実験室でするものですからね」

「実験室での研究はないのですか」

「たくさんあります。サブリミナルはもともとは知覚心理学の領域だったのですが、今では広告研究、感情研究、社会心理学、臨床心理学などの幅広い分野で実証研究がなされております」

「その結果は出ているのですか」

「ええ。サブリミナル効果というものは確かに『在る』というところまでは証明されています。ただねえ。たとえば広告の分野で言いますと、広告の古典的な理論に『A《ア》I《イ》D《ド》M《マ》Aの法則』なるものがある。最初のAは ATTENTION—注意を促す、Iは INTEREST—興味を持たせる、Dは DESIRE—欲望を起こさせる、Mは MEMORY—覚えさせる、Aは ACTION—買いに行かせる。これが良い広告の条件なのです。それをサブリミナル効果に置き換えると、A、I、D、Mまでは確かにサブリミナルで有効である。ただ最後のA、行動を起こさせるということはサブリミナルでは不可能なのではないか、そういう結果が出ております」

「なるほど」

可児は教授に今映画館で起こっている現象について話した。教授は興味深そうに聞き終わった後、腕を組んで、

「その映画はどうもサブリミナル臭いですなあ。いや、実際にアメリカでもB級のホラー映画にこの手法を使った例はあるんですよ。十六コマごとに一コマ〝DEATH〟とい

う文字を入れた。結果、つまらない映画であるにもかかわらず、観客は非常な恐怖を覚えたと聞きます」

「死ですか。でも先生、あれはスペイン映画ですよ」

「文字である必要はない。万人に共通の不吉なイメージを入れておけばいいのです。たとえばドクロとかね」

「でも私には調べる術《すべ》がない」

「簡単ですよ。そのフィルムを借りてくればいい。カラー・ビュアーの上で一コマずつ調べていくんです」

「わかりました。今日はいろいろとありがとうございました。コーラ、ご馳走《ちそう》さまでした」

ドアの方に向かって帰る際に、可児はふと教授に尋ねてみた。

「でも先生、アメリカや日本はなぜサブリミナルなんかに研究予算を投入するんでしょう」

教授は笑って答えた。

「それは米国政府が共産主義者によってサブリミナルで国民が洗脳されることを恐れたからですよ」

可児はうなずいて、研究室を後にした。

そのフィルムが、今、目の前にある。

出目ちゃんに無理を言って話をつけてもらって、閉館後の映画館から借りてきたものだ。

「フィルムに傷つけないで下さいよ」

映写技師は不機嫌そうだった。

夜の十一時だ。文化部にはもう誰も残っていない。

可児はカラー・ビュアーを持ってくると、机の下のコンセントにつなぎ、スイッチをONにした。パッと明るい光が板面に点《つ》く。カラー・ビュアーはポジフィルムなどを鮮明に見るために、内部に蛍光灯を収めた簡単な器具である。

円盤形のフィルム缶のクリップを外し、中からずるずるっとフィルムを抽《ひ》き出す。それをカラー・ビュアーの上に乗せて見ていく。

「5、4、3、2、1」と数字が出て、やがて映画のコマに移った。

「FANTASMA DEL CASTILLO CORTONA」

タイトル・クレジットだ。可児はスペイン語は全く不案内なのだが、たぶん『コルトナ城の幽霊』。邦題は直訳だろう。その文字が何十コマか続いて、やがて実写画面が始まる。ドイツ軍が村に進駐してくるところがファースト・シーンである。

可児は夢中になって、しかし慎重にフィルムを調べていった。エンド・マークが出てくるまでに四時間かかった。

無かった。

どこにもドクロとかそういった類《たぐい》のカットはインサートされていなかった。

可児は出目ちゃんのマンションに電話をした。

「はい、出目です」

眠そうな声が返ってきた。

「夜中にすまない。今、フィルムを全巻調べ終わった」

「そう。で、どうだった」

「『コルトナの亡霊』はサブリミナル手法の映画ではなかった」

「そうなの。お疲れさま」

「明日、映画館にフィルムを返しにいって、その勢いで映画を見るよ。出目ちゃんも付き合ってくれ」

「わかったわ。じゃあ、十時に小屋でね」

「よろしく頼むよ」

電話を切った。もう夜中の三時になっていた。今夜は社の仮眠室で寝ることにした。

だが可児は目が冴《さ》えてなかなか眠りにおちることができなかった。

翌朝九時、可児はＪＲの駅にいた。

キヨスクで角壜《かくびん》のポケットサイズを買った。その場でばりばりとパッケージを破りウィスキーを取り出すとラッパ飲みした。熱い蛇がゆっくりと食道を這い下っていった。それが胃に収まってとぐろを巻くと、可児は軽い吐き気を覚えた。眠っていないために胃が荒れているのだ。

しかしなおも飲む。

出勤する人々が胡散臭《うさんくさ》そうに可児を見る。

〝アル中だ〟

そう思われているのだ。しかし可児は気にもとめない。

ウィスキーをあおりながら少し歩いて、スキー・登山用具店へ行った。これからシャッターをあけようとしているところだったが無理矢理に入店した。十ｍの登山用のロープを買った。

映画館に着くと、出目ちゃんはもう先に来ていた。可児の顔を見るなり、

「どうしたの、目がまっ赤よ」

「眠れなかったんだ」

「それにお酒の匂《にお》いがする」

「これさ」

可児は背広の内ポケットからポケットウィスキーを取り出して出目ちゃんに見せた。

「どうして。普段あんまり飲まないのに」

「景気づけさ。小心者なんだ」

そう言ってもう一口飲んだ。

場内に入る。

可児は中ほどの右寄りの席を選んだ。字幕が見やすいからだ。可児はカバンの中からロープを取り出した。

「出目ちゃん。これでおれを座席に縛りつけてくれ」

「え？」

「ぐるぐる巻きにして思いっきり強く縛りつけてくれ」

出目ちゃんは可児の意図を察した。逃げられないように自分を縛るのだ。

「記者魂ね」

出目ちゃんは十ｍのロープで可児をぐるぐる巻きにして力一杯縛り上げた。女性にしては大した力だった。出目ちゃんは大学時代ワンダーフォーゲル部だったのでロープの結び方にも自信があった。

ぴくりとも動けない可児の唇を出目ちゃんが奪った。

「じゃあ後でね」

「君は見ないのか」

「まっぴらご免よ、あんな映画」

出目ちゃんはきりっと背を伸ばして歩いて出口へ向かった。ハイヒールの足音が段々と遠ざかっていく。可児はそれに連れて心細くなる自分に腹を立てた。ウィスキーを飲もうと思うのだが腕の力が全く効かない。

そのうちにちらほらと客が入りだした。平日の午前中なので客は七、八人だ。意外にも女の子が多い。

やがて開演ブザーが鳴った。場内アナウンス。

「ただ今よりお知らせ、予告編に引き続きまして『コルトナの亡霊』を上映いたします」

ケータイを切れだの、喫煙は消防法により固く禁じられています、云々《うんぬん》。CMがあり予告編があり、そして映画が始まった。

『コルトナの亡霊』

と日本語のタイトルが出て、下の方に「字幕　福永玲子」とあった。可児は冷たい麦茶を啜っている福永の顔を思い浮かべた。

映画は始まった。

雨の降るコルトナ村に進駐してくるドイツ軍。古城への駐屯。夜警の兵士二人。ひらりと一瞬通り過ぎる白いスカートの裾《すそ》。

「村の娘だ」

「犯《や》ろうか」

「犯ろうぜ」

そして翌朝。「裏返しになった」二人の死体。

次の日も、また次の日も、兵士たちは惨殺されていく。全身の血を失った者。恐怖の表情のまま凍結した者。白いレースのスカートの裾。オルゴールの音。美しく、哀調を帯びたメロディ。

兵士たちの間に不安が漂い、やがて夜警を拒否する兵士が一人現われる。

指揮官はその男を全員の前に呼び出し、男の額にルガーの銃口を押し当てて引き金を引く。額にぽつりと赤い小さな穴をあけて倒れる男。指揮官は全員に言う。

「一度恐怖に捕えられた軍人はドブネズミ以下の存在だ」

話はテンポ良く進んでいく。可児は自分の中に恐怖の感情が、降り積もる雪のように凍って蓄積されていくのを覚えた。

「これか。これなのか」

蓄積されていく恐怖はいずれ臨界点に至り、それを越えるだろう。

映画が始まって一時間目に、ついに少女の亡霊がその全貌《ぜんぼう》を見せた。白くて長いレースのドレス。その胸のあたりが血に染まっている。長い髪は恐怖と苦痛のためにまっ白になっている。

少女は右の方を向いている。玲瓏《れいろう》として美しい横顔だ。オルゴールが鳴り響く。

その少女が首をゆっくりと回して正面を向く。

顔の右半分が焼けただれている。

まぶたも焼け落ちて、眼の半球が露出している。唇もない。歯が根元からむき出しだ。

「きゃーっ」

と館内に女性の悲鳴が起こった。

その女の子は走って出口から外へ出た。

それにつられて残りの六、七人も逃げるようにして退出した。

館内にいるのは可児一人になった。できれば可児も脱出したかった。しかしロープでがっちりと固められているので、身動きひとつできない。そのとき、可児の内部から「プロ意識」のようなものが湧《わ》き上がってきた。

可児はスクリーンと対峙《たいじ》した。

「可児くん、可児くん？」

出目ちゃんが可児に呼びかけた。可児のロープをほどくためにやって来たのだ。

可児は首を前に落としてうなだれていた。

「あきれた。何て豪胆な人なの。眠ってるわ。ウィスキーなんか飲むからよ」

左様。可児はこの世で一番深い「眠り」に沈んでいた。そして、その「眠り」から覚めることは永久になかった。

DECO-CHIN

「最近はな、頭のどっかの配線が狂ってるとしか思えない若い連中が増えてきてね。唖《あ》然《ぜん》とすることが三日に一回はある」

白神《しらかみ》は苦い顔でバーボンのグラスを置いた。

僕はカウンター越し、バーテンにウォッカマティーニのお代わりを注文した。そして白神に言った。

「そうかい。でもな、昔から言うぜ。〝最近の若い者は〟って言い出したら、おっさんの証拠だって」

「松本。インプラントって知ってるか」

「インプラント？　ああ、もちろん知ってるよ」

「なぜお前がそんなことを知ってる」

「そりゃ僕が若い者向けのサブカルチャー、カウンターカルチャーの音楽誌の編集者だからさ。インプラントの子にもスプリット・タンの子にも、もちろん顔面にタトゥを入れている子にも何度も会ったよ」

「わからん。何なんだあれは」

白神は頬杖《ほおづえ》をついて僕の目を見た。

インプラントというのは丸い輪っか状の直径五〜六㎝の樹脂で、それを皮下に埋め込む。手の甲や額、胸などに埋め込む。異物排除作用は起こらず、前から見るとそこだけがぽこんと輪っか状に浮き出ている。ピアッシングも大流行《おおはや》りで、耳は勿論《もちろん》のこと、鼻の穴、唇、舌、ヘソ、小陰唇にピアスを入れる子もいる。スプリット・タンは舌先を蛇のように二つに分断したもの。手術はそういった身体改造専門のスタッフが行うが、外科医の資格を持っているかどうかは定かでない。本物の外科医が、今、僕の隣に坐《すわ》っている男、白神だ。中学校の同級生で年に三、四回はこうして会って飲む。白神は昔から少し変わった男で、本質的には古風な男なのだが、自分の未知の領域に遭遇するとそれに対して頭から突っ込んでいくようなところもある。その辺りはフレキシブルなのだ。

共に三十五歳だ。僕は白神とは全く別の道を歩み、大学時代はロックバンドに熱中していた。が、途中で自分の音楽的限界を悟り、バンドも解散、当時ちょいちょい顔を出していたロック誌でアルバイトを始め、二年後に正社員となった。その後何社かを転々とし、今は「OPSY《オプシー》」という特殊な雑誌の編集者をしている。この雑誌はインディーズ系ミュージック、ドラッグ、アブノーマル・セックスを三本柱としたもので、反社会的若者に受けがいい。社員数を減らし、外注のプロデューサー、ライター、カメラマンを使っているので利益率は良い。月刊で十二、三万部売れている。今ではマイノリティー、パンクスのバイブルといった評価までされている。

新しいマティーニが来た。

「で、何かい。モヒカンとかスキンヘッドなんかが白神んとこへ来て、インプラントを埋めてくれって言うのかい」

「そうなんだ。完全に勘違いしている。私は形成外科医なんだ。美容整形外科じゃないんだ。形成外科というものは人体の組織欠損、変形を矯正するものだ。それによって美的な観点から患者および他人の不快感を減少するのが目的だ。だからもともと正常なものを美化しようとする美容整形とは全く別のものなんだ」

僕は白神の言った「美的」という言葉に少しひっかかった。

「今、〝美的〟と言ったね。その〝美〟に対する感性が我々と彼らとでは違うんじゃないだろうか」

「ふむ。そこかも知れんな」

「美の概念はパラダイムと同時に変わっていくもんだ。たとえば何年か前に流行った渋谷の〝ガングロ〟。あれをだな、平安時代の人間に見せたらどういうだろう」

「そうさなあ」

白神は考え込んだ。

「……化け猫ってとこかな」

僕は微笑《ほほえ》んだ。

「ま、そんなとこだろう。ところがね、白神、その平安時代の美人の基準は何だったか、知ってるだろ」

「ああ、〝三平二満《さんぺいじまん》〟だな」

「そう。頬が満々としてる。〝二満〟だね。おでこが張って鼻は低くて顎《あご》が出てる。この三つが一直線になっているのが〝三平〟だ。この顔は現在でいうところの〝お多福〟、〝おかめ〟だ。貴族はおかめに宛《あ》ててせっせと恋歌を書いてたんだよ。それくらい、美というものは時代に流されるんだよ」

「それは解《わか》る。ギリシャの裸体像を見ると男性は必ず〝包茎〟だ。それをもって良しとしていたんだ。確かに時代とともに美意識は変わる。だがな松本。私が祖父から受けた教えはこうだ。〝身体髪膚《しんたいはっぷ》これ父母より授かる〟だ。傷つけたり粗末にしてはいけないんだ。爪一つにしてもな。それが最近の若い奴《やつ》はどうだ。刺青《いれずみ》を入れてる奴の多いこと。昔なら極道博徒のみがしていたことだ。これは親子の縁を切り、堅気の世界との縁を切る、ということだ。ところが最近は女の子までがファッションで刺青を入れている。インプラント、手の甲に輪っかが浮き出ていて何が面白い。鼻の穴や乳首へのピアス。私は何の感動も覚えないし、〝美〟のかけらも感じないんだがな。自分の身体《からだ》を虐《いじ》め、奇形化して何が嬉《うれ》しいんだ。どうなんだい松本」

「それは……」

僕は煙草《タバコ》に火を点《つ》けて紫煙をあげながらしばらく考えた。

「彼らは〝外の〟人間であることを訴求しているんだと思うよ。自分がスクウェアな社会に帰属する人間ではない、ということを信号として発している。奇形であればあるほど、世界で類のない存在になっていく。だから人体改造はエスカレートしていく。極端な例では、たとえば左腕一本を切断してしまう者までいるんだ」

白神は目を丸くした。

「ほんとかい、それ」

「ああ、そこまで行くんだ。それに比べりゃ、インプラントなんて可愛いものさ」

「それはマゾヒズムの狂気化したものではないのか」

「究極のマゾヒズムかもしれない。だがね、彼らは会ってみると意外に健全で明るく常識もある。ポジティブだよ。自分がアウトサイダーであることの証《あかし》として刺青、インプラントなどの烙印《らくいん》を押し、それを見る度に自己認識をしている。そこには一般社会と自己との差別化が明確に形となって顕《あら》われている。僕は彼らを責める君のような、既存社会の交通信号を守る人間よりも、どちらかというと彼らの方にシンパシィを覚えるね」

「ほう、私にケンカを売ってるのか」

「白神とはもうケンカし飽きたよ。ところで若者がインプラントを入れてくれ、と言って来た場合、白神はどう対処するんだね」

「まずここが形成外科であり、何をどう治療する所であるかを説明する。次に形成外科と整形外科の違いについて説明する。整形外科は、脊椎《せきつい》、四肢の運動器官の形態異常の矯正、機能回復を目的とする外科だ。患者はみんな重い疾患に苦しむ人々だ。だから形成外科も整形外科も、決してあなたのような浮かれ気分のファッションのために奇形化手術するようなことはしない。どうしても望むならどこかの拝金主義の美容整形外科でも探すんですな、そう言って帰す」

「皆、しょんぼりして帰るだろう」

「そうだね。ただ私は常々自分のことを〝外科医なんて大工だ〟と卑下しているが、勿論大工を蔑視《べっし》しているわけじゃない。尊敬さえしているよ。腕のいい大工を見ていると、〝ああ、自分も早くこのレベルまで到達したい〟と思うからね。外科医は大工だというのは、むしろ医学界内部での、他の内科や脳神経科などの発達に比べて外科の進化が遅々としているために言ってるんだ。メソッドに進歩がない以上、後は毎日ひたすら腕を磨き、勘を冴《さ》えさせるしかない。毎日が修羅場だ。インプラントなんかに関わっているヒマはない。わかるだろ？」

「ああ、よくわかるよ。ただな、僕はあの連中、自己傷害者、自己奇形化をする連中の感性がよく解るんだ。自分を特殊な存在にしたい。世界で唯一つの肉体の所有者でありたい。そのために、中には生理食塩水を顔に注入して人工的〝瘤《こぶ》〟を作る奴もいる。そうなるともう〝美〟とは何の関係もなくなる。天上天下唯我独怪。さっきのガングロだっておそらくはそういったとこから来てるんだ。みんな勇気があると思うよ」

「それなら松本もタトゥを入れてインプラントを埋めたらどうだい」

　僕は笑った。

「僕を見ろよ。スーツを着てネクタイをしめてんだぜ。僕は既存社会の中の人間で、アウトサイダーじゃない。名刺も持ってる。肩書きは〝副編集長〟だ。作ってる雑誌は〝対抗文化〟の御旗《みはた》を掲げてはいるものの内容はエロ、グロ、ナンセンス、それにインディーズ・ロックシーンの〝よいしょ〟記事で成り立っている。だから見た目はアウトサイダー的だが正体は株式会社だ。引くべき線、ボーダーは持っている。だから死体写真などは載せない。ちゃんとした広告出稿会社の人間と名刺交換をするときに、手の甲にインプラントしてたらどうなる。雑誌経営の四十％は広告出稿で成り立っているんだ。だから僕はインプラントする資格のない人間なんだ。そういう意味では奇形化をエスカレートさせていく連中を羨《うらや》ましく思うこともあるね」

「というよりは、君はインプラントがしたいんだろう」

　白神が強い語調で言った。僕は頬杖をついてしばらく考えてから言った。

「誰だって、別の人生を夢見ることはあるだろう？　違うかい白神」

　二人は急に寡黙になり、僕は新しいマティーニを頼んだ。

校了日が猫足で近づいてきている。

印刷所に放り込むまでの前日三日間はほぼ徹夜になる。毎月のことなのでもう慣れてしまったが、僕は副編集長の立場上、濃いコンテンツの端から端まで、欄外の一行情報にまでじっくりと目を通さねばならない。色校が出たら出たで、写真の見当ずれ、モアレ、色調整、トリミングの可・不可まで凝視する。決して健康にいい仕事ではない。よく遠い目をしたモヒカン君が雇ってくれ、といってやってくるが、そういう子には四百字一枚の作文と、世界地図を書いてもらうことにしている。百人中百人、文は文章の体《たい》を成しておらず、誤字を怖れて平仮名だけで書く奴もいる。世界地図に至っては噴飯ものオンパレードだ。アリューシャン列島の辺りに中くらいの島が有って、そこに「満州」と書かれていたりする。アメリカとイタリアが地続きになっている地図もあった。毎回それが夜の酒の肴《さかな》になる。僕たちはそれをカウンターの上に広げ、腹をかかえて笑い転げる。

この商売をしていて胃に穴をあけない者は珍しい。円形脱毛症などは日常茶飯事だ。編集も大変なら営業も大変だ。取次店や出稿元の企業の間を走り回っている。広告主は一部上場企業もあれば風俗チェーンのエロおやじまで多種多様だ。詐欺商法、各種団体、裏世界のとば口まで踏み込むことだってあるが、こいつらは金を払わない。内容証明付きの文書を送ろうが何しようがお構いなしだ。半分命懸けで取ってきた手形が、割ってもらえない手形だったり不渡りだったりすることも稀《まれ》ではない。

こうして出来上がった雑誌を毎号拝む思いで取次に搬送するのだが、それで終わりではない。完売すれば文句なしだが、返本の山ができる号もある。俗に「二八《にっぱち》」というが、本当に二月八月は返本で頭を抱えることになる。返本はバックナンバーとして一応貸倉庫に保管しておくが、三月末には全て断裁処理して紙屑《かみくず》とする。うちの会社は四月締めの決算だ。本を大量に保管していると、それは「資産」と見なされるので税務上不利益をこうむる。だから精魂込めて創《つく》った、自分の分身のような雑誌を断腸の思いで紙屑にするのだ。

だいたい昼は一時か二時に出社。ゲラを校正したり、作家と打ち合わせをしたりで日が暮れる。僕はインディーズ・ロックの担当だから、ほんとうの仕事は六時を過ぎてからだ。事前にチェックしておいて、ライブハウスを二〜三軒回る。バンドのライブ写真は僕が撮る。プロのカメラマンを雇うだけの予算はないからだ。面白いバンドがいればライブ後の楽屋に行ってインタビューする。レコーダーは必ず持参している。ミュージシャンは、ステージはアグレッシブでも、素顔は生真面目《きまじめ》で考え込みがち、といったタイプの人間が多い。しかし、たいていは何かやっている。イリーガルかリーガルかは知らないが、何かやっている。一ステージ一時間でフォアローゼズを一本空にしたヴォーカリストもいた。そんな奴等からまっとうな答え、考え方を引っ張り出すのはかなり困難なことだ。しかし僕はやる。十五年間この手の仕事をしてきて、自分なりのノウハウとタクティクスを保持しているからだ。

それにしても最近の若手バンドは詰まらない。本当に詰まらない。例えばバンドのヘッドが若い女の子だとすると、彼女の音楽の根底は「お母さんがいつも聴いていたから自然と好きになった戸川純」なのである。その戸川純を妙に歪《ゆが》んだ解釈をして、よりエキセントリックでドロドロした曲を創り、怨念《おんねん》を込めて歌う。商売だから観ているものの、内心は、他人の腐った臓物をなすりつけられたようで、大変に立腹している。

それでもインタビューを録《と》り、多少〝よいしょ〟した記事を書かねばならないのだ。

それでさえ編集長の三波からは、

「辛口過ぎる」

と、GOサインが出ない場合が多々ある。毎日が口論だ。今日もそうだった。取材に出ようと六時くらいに、背広を着ていたら、三波編集長が僕の後ろに立った。

「松本君、今日はどこへ行くんだ」

僕は振り向いて答えた。

「はい。まず下北沢の〝Que〟へ行って〝A MEDICAL DOCTOR FOR THE DOCTORS〟を観ます。それから新宿ロフトで〝THE RED SKELETON〟、それに続いて出る〝GROSORALIA〟を観ます」

編集長は眉《まゆ》をひそめて言った。

「どうも旬じゃないな。そのうちどこか一つを削って、こいつらを取材してきてくれんかね」

三波は一枚のピンク色をしたCDを僕に渡した。見ると、五人の男が座禅を組んで目をつむっており、その頭上に赤い文字が入っていた。

「〝THE PEACH BOYS―THE HEAVY BLOOM OF PUNKS〟。先月CDデビューしたばっかりのバンドですね。僕、これ聴きました」

「旬だよ、旬」

僕は居心地の悪い思いになった。いつもそうなる。

「お言葉ですが編集長、この子達は唯のコミックバンドですよ」

「コミックバンド？」

「歌詞は駄洒落《だじゃれ》、語呂合わせ、アナグラム、そんな物ばっかりです。ダブルミーニングを使うほどの知能もない。内容が空疎です。音は自称しているように、ビーチ・ボーイズを意識していますが、あのディミニッシュ・コードみたいな、結果的にそうなってしまった下手糞《へたくそ》なハモ。あのハモで『ピーチ・ボーイズ』を名乗るのはビーチ・ボーイズに対する侮辱です。このCDのバッキングは多分スタジオミュージシャンでしょう。そんなシロモノのライブを観に行けとおっしゃるんですか」

三波は困った顔になって僕を見た。

「うーん。しかしねえ、松本君。URAの近藤社長からプッシュが入っとるんだよ。あそこは下手なメジャーよりでかいインディーズの会社だ。そこが売る気でいるんだ。近藤は〝三万は売る〟と言ってたよ。インディーズで三万枚というのがどういう数字か、君なら先刻承知だろう」

僕は口答えした。

「バカが作った音楽をバカに売ろうってんですね。よくある事だけど。しかしいくらパンク野郎がバカだといっても、そんなバカが三万人もいるかなあ」

三波は声のトーンを少し高めて僕に言った。

「メディアとしての『OPSY』の価値は〝青田買い〟にあるんだ。どこよりも早いビジュアルと評価。それが大事なんであって、君は極力主観を排したレポートを読者に届けねばならない。それが君の仕事だ。レコード会社とOPSYは持ちつ持たれつの関係だ。人という字はどう書く。え？　こうだろ」

三波は両手を僕の前にかざした。右の握りこぶしから人差し指を一本立てて、

「一人と」

次に左のこぶしから立てた人差し指を、先の右手の人差し指に重ね、互いにもたれ合

う格好にした。

「一人と一人が……。寄り添い合ってそれで初めて〝人〟という字ができるんじゃないか。レコード会社とメディアだって同じことだ。支え合って初めて〝人〟、つまり〝人気〟になるんだよ。違うかい、え？」

　僕は背広の襟を正しながら答えた。

「お言葉ですが編集長。それは〝人〟という字ではなく、〝入れる〟という字ですよ」

三波は黙ったまま無表情に自分の作った文字を眺めていた。

「わかりました。下北沢をカットしましょう。何時にどこですか」

「七時。渋谷クアトロだ」

「では行ってきます」

「ありがとう。君にはいつも感謝してるよ。電話を入れとくから向こうでバックステージ・パスをもらってくれ」

　僕は返事もせずに、エレベーターまで歩いていった。

　驚いたことに、クアトロには百人以上の客が来ていた。この店はスタンディングにすると四百人くらいは入るが、今日はテーブルと椅子《いす》を出しているので百人も来れば満員《まんいん》御礼《おんれい》といった感じになる。僕は二、三十人くらいの客数を想定していた。長年の経験から推測したのだ。不況はロック界にも演劇界にも痛打を与えている。客はチケットを買うのに慎重だ。何年にもわたってこつこつとツアーを重ね、少しずつファンを得てきたバンドならば話は別で、ここをスタンディングで満員にしても不思議はない。しかし「ピーチ・ボーイズ」は多分プロダクションがオーディションをして五人を選び、何カ月か特訓をして〝創り上げた〟バンドだ。このバンドがライブ活動をしているという情報に僕は触れたことがない。そんなものがCDを出したからといっても、インディーズの情宣力は乏しいのだ。客が百人も来る訳がない。なのにハウスは人で溢《あふ》れていた。八割くらいは二十歳《はたち》前後の女の子だ。フライヤーをいくら飛ばそうが、無名の新人バンドのワンマン・ライブに百人も女の子は来ない。僕は首をかしげた。

〝ネットだな。ネットを使って何かとんでもないイメージ情宣を流したんだ。それもあっちからこっちからあの手この手で。プロダクションのアイデアじゃないな。近藤だ。URAがネット上で何かトンボをきるようなことをして見せたんだ〟

そうとしか考えようがなかった。

かろうじてありついた椅子席で煙草を吸っていると、時間がきた。客電が落ちた。ステージ上には暗幕が張られている。やがて場内に低く太く聞き覚えのある、そう、小林克也のナレーションテープが響き渡った。

「NOW, LADIES AND GENTLEMEN. TONIGHT IF YOU ARE HUNGRY, EAT

THEM, EAT THEM, EAT AND EAT AND EAT THEM. HERE THEY COME, LET ME INTRODUCE, THE PEACH BOYS!」

するするっと暗幕が上がった。幕内に溜《た》められていたドライアイスのスモークが舞台から溢れ、客席に向けて放たれた照明のために五人の人影が逆光になって見えた。一人が中央のマイクをつかむと叫んだ。

「ARE YOU READY? WE ARE THE PEACH BOYS!」

ドラムスのフィル・インから一斉に演奏が始まった。照明が変わって、ステージがピンク色に染められた。

エレクトリック・ギター、ベース・ギター、キーボード、ドラムス、そしてヴォーカルは得物無し。手ぶらで身体をリズムに合わせて揺らせているが、ステージ慣れしていないのだろう、動きが微妙に全体のリズムと喰《く》い違っている。

僕は順番にメンバーを見ていった。

ドラムスは、ヤマハのドラム・スクール初級者コースを、そろそろ卒業しましょうか、ぐらいの腕だ。両耳にイヤフォンをつけている。多分リズムマシーンの音を流し、それに合わせているのだ。E・ギターは下手ではないが弾き方がフォーク・ギターのそれだ。ベースは上手《うま》いのか下手なのかよく解らない。コードの根音だけをぼーんぼーんと弾いている。キーボード。こいつは要注意で、けっこう上手いな、と思ってじっと見ていると、解った。シーケンサーをラインでキーボードにつなぎ、楽器のアウトプットからシールドをアンプにつないでいる。つまりこいつはコンピュータに記憶させた楽譜をキーボードでチョイスした音色にしてアンプで再現する。要するに〝弾いてるふり〟をしているだけなのだ。

ヴォーカルは甘味も苦味も旨味《うまみ》もない、無味。癖が無いというのは賞《ほ》め過ぎだろう。Bメロ（サビ）に入る度に、ドラムス以外の三人がコーラスに参加するが、三人ともピッチが非常に悪い。このコーラスは「枯木も山のにぎわい」という奴で、無い方が良い。

歌詞はよく聞き取れなかったが、

♬僕は好き
君の桃が好き
ピーチ、ピーチ、オン・ザ・ビーチ
かぶりつきたいよお〜♪

みたいなモノであった。

僕はカメラを出してきて、二枚ほど、アングルを変えて撮った。フィルムがもったいなく思えた。

会場を一旦《いったん》出て、エレベーターホールの地べたに腰を下ろし、ポケットの煙草を探す。

「何という……」

僕は思った。

「何という無為な人生だろう」

仕事だ、商売だ、プロだ、メシのためだ。今までそうやって自分に言い聞かせ、なだめすかして「仕事」をし、口を糊《のり》してきた。結婚もしないまま、この十五年間働いてきた。走り続けてきた。が、

「徒労だった」

そう、徒労。僕の人生は、虚構のためにに費やされてきたのだ。何というでっかい空振りだ。

頭が痛む。少し眠ろう。あのバカどもの写真は、エンディングの二曲くらい付き合えばゲップが出る程撮れるだろう。あと、三、四日したらまた徹夜が続くぞ。今なら少し眠れそうだ。そうだ、少しだけ眠ろう。

とろっと柔らかな眠りに落ちる瞬間にチラリとこう思った。

「もう二度と目が覚めなきゃいいな」

人間の眠りというものは四十五分周期で深くなり、浅くなるそうだ。

はっと目を覚ましたとき、まずそれを考えた。自分は四十五分眠っていたのか、それとも一時間半眠っていたのか。九十分眠っていたなら今夜のライブはとっくに終わっているだろう。ピーチ・ボーイズのレパートリーなら、よく持たせて六十分。それ以上は不可能だ。

のろのろと立ち上がり、再びライブハウスに入る。入口の女の子にバックステージ・パスを見せて通してもらう。

連中はまだやっていた。ヴォーカルがMCをしているところだった。

「え、今日は皆さんほんとにありがとう。いよいよラストのナンバーになってしまいました。僕たちザ・ピーチ・ボーイズのシングル・カット。ちょっぴりエッチな、お寿司《すし》の歌です。ラスト・ナンバー、『THE SUSHI BOYS』OK、カモン、レッツ・ゴー！」

ジャカジャーンとギターの一発が入って一斉にG B♭ G Fのリフが数回リピートして、ヴォーカルが歌い始めた。

♬おれのあそこは　小僧寿司
　それでもあの娘《こ》は穴キュー
　握りっ放しでトロトロ

イカしてイカしてシンコ巻き
もう　バッテラ〜♬

僕は歌なんぞ聴かずに、ハウス内をうろつき回り、とにかくバシャバシャ写真を撮りまくった。

ラストのリフが終わると、パシュッと銀打ちが放たれ、ステージ上空から小さな銀色の紙片がキラキラ輝きつつ無数に舞い降りてきた。

「じゃあね、みんな。今度は紅白でね」

ヴォーカルの一言を残して全員が銀のみぞれの中を退出していった。

暗幕が降りた。

客席がざわざわしている。みんな帰る準備を始めているのだ。僕は思った。

〃今日みたいな夜は、誰にも会わずに一人で飲もう。高級ホテルの三十階くらいの高級バーで、このくだらねえ街の夜景を見下《みくだ》しながら、持ってる金を全部使って、ベロベロになるまで飲みまくってやろう。そして全部「打ち合わせ費」にして会社に払わせよう。編集長にリベンジだ。この俺様に愚劣なものを観させせおってからに。ところで金持ってたっけ〃

僕は財布を出して中身を確認しようとした。と、その時、暗幕の前に一人の男が立ち、ワイヤレスマイクで話し出した。四十前後の渋いスーツを着た男で、少し後退した額がなぜか知的な印象を与える。男は言った。

「え、私、当ライブハウスの支配人五百鬼頭《いおきず》でございます。本日は御来場まことに有難うございました。まだニューフェイスですが、これから大きく伸びるであろう桃の木『ザ・ピーチ・ボーイズ』のライブ、お楽しみいただけましたでしょうか。ところで各情報誌、フライヤーには『ザ・ピーチ・ボーイズ』の名しか出ておりませんので、彼らのワンマン・ライブだと思ってお越しのお客様ばかりだと思いますが、実はそうではございません。この後にもうワン・バンドの演奏がございます。彼らをご覧になった方は少ないと思います。年三回くらいしかライブをやらないバンドだからです。このバンドは、その、何と言ったらよろしいでしょうか」

半腰になっていた客が徐々に席に坐り始めた。僕も奥のテーブルの椅子に腰かけ、男の話を聞き始めた。男は話し続ける。

「〝ユニーク〟という表現がありますが、その〝ユニーク〟という言葉をぶっ壊してしまう程の存在感を持つバンドです。演奏力には舌を巻くものがありますが、そんなことよりも、〝稀有《けう》〟。そう、日本のみならず、世界でも稀有なバンドなのです。もう、ごちゃごちゃ言わずに早くご紹介しましょう。『THE COLLECTED FREAKS』！ ザ・コレクテッド・フリークスですっ！」

途端にバスドラムの音が、ドッドッドッドッと心臓と同じリズムで鳴り始めた。同時に暗幕がゆっくりと上がり出した。ドラムスのスネアが、ハイハットが加わり出した。それらが絡まり、うねり出した上に、タムタム、テナードラム、シンバルが参加し、ついにドラムセットはフル稼動し始めた。リズムは最初の心臓リズムから少しずつテンポアップしていき、最終的には人間の叩《たた》ける最速の部分で定着した。おそらく三十二分の三十二拍子くらいだろう。上手い。上手いなんてもんじゃない、素粒子レベルの波とうねりだ。それに時々どう考えても人間には不可能なビートの絡みがある。ドラマーが二人いる？　最初僕はそう思った。

幕が上がり切って照明が当てられたその時、この「ザ・コレクテッド・フリークス」の全貌《ぜんぼう》が明らかになった。奥中央にセットされたドラムス用椅子に坐っている男は左腕は普通だが、右の腕が二本有った。おそらく肩関節も二つあるのだろう。右の二本が別々に独自の動きをしている。つまり彼は三本のスティックを握り、それをフルに使ってドラムスを叩いているのだった。超絶技巧が軽々と叩き出されるのはそのおかげなのだ。

ベースのリフがドラムスに加わった。密林をアナコンダが這《は》っていくようなうねり具合の重低音。ベーシストは小人症の男性だった。子供のような顔つきをしている。おそらく下垂体性小人症だろう。ヒト成長ホルモンの欠乏によるものだ。

このベーシストは身長が百㎝くらいだ。ベース・ギターというのは長大なシロモノだ。手が届くのかしらんと思って見ていた。やはり彼は楽器のボディを身体の右横の空間へ押しやり、ネックの部分のみを身体の前に位置させ、ネックの上で演奏していた。左手でフレットを押さえ、右手の人差し指、中指、薬指を太いゴム紐《ひも》で括《くく》り合わせ、それで太い弦を下から上へ弾き上げている。ただ、たまにリフの合間に親指を使ってチョッパー奏法で味を付けたりしている。テクニシャンだ。

突然、ギュイーンという耳をつんざくような轟音《ごうおん》に不意を突かれた。ギターが始まったのだ。

ギタリストは巨人症の大男だった。身長は二百三十㎝くらいか。巨人症に特有の顎の出た面相をしている。だが顔立ちは整っている。ことに目が大きく白目が青味がかっていて美しい。頭髪は短め。角刈りに近い。よく肥《ふと》っている。体重は多分二百㎏あたりだろう。特筆すべきは彼が「三台」のギターを装備している、ということだろう。一台目は彼の両鎖骨の下あたりにぶら下がっている。これはガットギターだがマイク内蔵なのだろう。アウトプット・ホールからシールドが伸びている。二台目は一台目のすぐ下、彼の胃の前くらいの所に有る。三台目は電気十二弦ギターで、これは彼の下腹部周辺に有る。この二台はフェンダー製のヴィンテージ・エレクトリック・ギターだ。これらが実際に使用される、つまりこけ威《おど》しのデコレイションでないことは、配線を見れば一目で解る。ギターアンプがいつの間にか三台に増えていて、三台のギターが三台のアンプにシールドで接続されている。中には途中でエフェクターをいくつか噛《か》ませたものもある。今、彼が弾いている真ん中のギターがそれだ。ディストーション、ディレイ、オーバードライブがいい味を出している。

今、彼はベースとドラムスに合わせてインプロビゼイション（アドリブ）を弾いているのだが、彼のギターには他のミュージシャンにはない味わいがある。なぜなら、彼は指も身体に合わせて大変太いので、一本の弦だけを押さえるということができない。最低でも一本の指で二本の弦を押さえてしまう。だから彼のインプロビゼイションの音は全て二音ないし三音の和音によって構成されているのだ。これはジャズギター、チェット・アトキンスやレス・ポールと理屈は似ているが、彼が弾いているのは紛れもないロックンロールそのものだ。

僕が見ていて驚いたのは、彼が三本の弦をチョーキングして、一・五～二音を上げたとき。それと彼が剛力をちょいと出してギターのネックを前に向かって折れる寸前まで撓《たわ》め、弦の張りをゆるめて三～四音下げて見せたときだった。トレモロ・アームが付いておればあれに似たことはできるが、似て非なるもの。常人にできる技ではない。

彼はビートの利いたセブンス系のフレイズをゆっくり楽しむように弾くが、速く持っていくときには信じられない程に速い。要するに緩急自在の弾き手なのだ。フレイズの抽出《ひきだし》は無限にあるように思える。それらを紡いで音のラインを描いていく訳だが、そのスケッチは味わうと辛口のロックンロールだが、どこかに大男特有の優しさが感じられる。そんなプレイだった。

一曲目が約七分で終わった。最後の盛り上がらせ方も見事なものだった。バンドの全員が客に一礼する。百人程の観客だが、まさに万雷の拍手である。僕もありったけの力を込めて拍手を送ったが、途中でふと疑問を抱《いだ》いた。

〝今の演奏にヴォーカルはなかったけど、このバンドってインストゥルメンタル・バンドなのかな〟

この疑問には大巨人がマイクで答えてくれた。巨人症者特有のくぐもった声で、

「ありがとう。ザ・コレクテッド・フリークスです。でもさあ、大巨人に超小人にトリプル・アームズのドラムス。男ばっかりだ。むさ苦しいじゃねえか。歌姫たちを呼ぼうぜ。こいつらなんだよ、俺達奇形人をコレクトしたのはさ。悪い娘っ子だよ、まったく。いいな、呼ぶぜ。ヘイ、カモン・ガールズ！」

プシュッとスモークが焚《た》かれ、一人の女性が現われて舞台中央のマイクにゆっくり歩み寄ってきた。大巨人は確か〝ＧＩＲＬＳ〟と言った。しかし出てきたのはスモークで定かではないが一人の女性のフィギュアだ。真紅のチャイナドレスを着ている。脚部には深いスリットが入っていて、眩《まぶ》しい程に白く美しい脚が時として腰下まで見え隠れし

ている。大変エロティックだ。

スモークの霧が晴れて、女性の頭部が見えた。双頭だった。肩の上に全く同じ造作の顔と首が並んでいる。ぱっちりと開かれた目は大きく、インドの女神像を彷彿《ほうふつ》とさせる、澄んで、愛らしい美眼だった。反対に鼻は小さく控えめ。そのすぐ下に在る口も幅はせまい。しかしその上下の唇は円《つぶ》らで紅く濡《ぬ》れ、どこか異国の果実のように妖艶《ようえん》、肉感的だった。その蠱惑的《こわくてき》でチャーミングに整った顔々が我々を見渡しているのだ。アルカイックスマイルのような謎《なぞ》めいた微笑をかすかに浮かべて。

全ての客が沈黙して「彼女達」を呆然《ぼうぜん》として見詰めていた。僕もその一人だ。「彼女達」のチャーミングさが与えた耽美的《たんびてき》なショック、そしてそれらが一つの胴体手足の上に並んでいるという事実の奇異さ。この二つのショックの中で僕は混乱していた。彼女達の年齢はよく解らないが、二十五、六くらいに思えた。

右の方の頭の女性が、マイクに向かって話しかけた。

「あたし達はザ・コレクテッド・フリークスのヴォーカルを担当しています。ご覧のようにシャム双生児です。シャム双生児の中でもかなり珍しい一体双頭の奇形です。私の名前は、〝ああ〟。そして彼女の名前は」

もう一つの頭が透明感のある声で答えた。

「〝あああ〟といいます。あたし達は、奇形人の天職として、皆さんに音楽を届けます。

楽曲は全てオリジナルです。ご退屈でしたらどうぞお引き取り下さい。では『IN THE DEEP FOREST』という曲を演奏します」

同時に大巨人が一番下の電気十二弦をアルペジオで弾き始めた。バロック調のスローな曲だ。十二弦の甘酸っぱい音色がリュートやハープシコードの音感を醸し出している。Am、Dm、E_7を使ったシンプルな曲だが大巨人はクラシックにも練達しているのだろう、美しい装飾音をたまに入れながら前奏を進めていく。ベース、ドラムスが入るとそれは聖歌隊の前奏の香気を放ち、荘厳な教会に我々が居るような錯覚を与えた。

やがて双頭の女性が歌い出した。最初は高音のユニゾンで、そして後半は完璧《かんぺき》なハーモニーを共鳴させた。

♬昔、人無き森陰に　墓を護《まも》れる姫在りて
奥津城《おくつき》深く　銀《しろがね》の　時の亡骸《むくろ》は饐《す》えて有り

月が欠ければいやましに　細く鋭く爪を研ぎ
月満つ夜は嫋々《じょうじょう》と　紫淡く歌を織り♪

ここで大巨人が鎖骨下に下げていたクラシックギターでソロを弾いた。ガットギターでナイロン弦だが、それをピックアップするデジタルマイクを内蔵している。アンプからは十分な音量が出る。スパニッシュを大幅に取り入れた演奏だ。ふと見ると小人のベーシストはチェロに使う馬毛の弓で弦を擦《こす》って発音していた。ドラムスはコツコツとスネアのエッジを叩くだけ。たまにここぞという所でシンバルを入れる。

間奏が終わって歌の三番が始まった。

双生児のユニゾンが神々しく共鳴する。

♬摘みし葡萄《ぶどう》に指染めて
絃《いと》無きリュート掻《か》き鳴らす
想へば眠りの浅き夜《よ》に
御身《おんみ》の姿の白きこと
御身の姿の白きこと
御身の姿の白きこと♪

最終伴奏がワンコーラス分あってそれに女の子の軽いスキャットが彩りを添え、Amの長い終音《カデンツァ》で演奏は終了した。

僕は客席でくわえ煙草の火が燃え尽きるのにも構わず聴き入っていた。唖然としていて拍手を送ることも忘れていた。

他の客も同じで、場内はしばらくシーンとしていた。感動の余り拍手することを忘れたのだ。約六秒ほどの静謐《せいひつ》の後、猛然たる拍手の大爆発がはじけた。

この音楽は日本にかつて存在したことのない音楽だ。疑似古典主義の形態を借用しているが、醸し出すフレイバーは古今東西のどこにも無かったものだ。詞もいい。北原白秋や西条八十《さいじょうやそ》の作品だろうか。いや、そういう詩人たちは美しい言葉を美しく紡ぐが正体はセンチメンタリズムだ。今の歌にそういった物はなかった。彼らは明治・大正の古本の山の中からあの詞を見つけてきたのだろう。僕はこの大ワシのような曲にぐっとつかまれて空高く連れて行かれた。

演奏はその後四曲プレイされた。

最初の音楽は中近東音楽をロック化したものだった。何をどう工夫しているのかは解らないが、大巨人はギターでアラブ音楽を奏した。アラブ音楽は西洋音楽と違って「半音の半音」つまり四分の一音を駆使する。それによってあの官能的な音の綾《あや》を織り出すのだ。ギターは半音ごとにフレットで区切られているから四分の一音を出すのは構造上不可能だ。

しかし大巨人は何をどうしたのか知らぬが四分の一音を何十回と出してしまったのだ。

ああとあああの歌は日本語で、内容は村の生活の描写。

″私の家の裏の川には、時々豚が流れます″といった短いセンテンスのデッサンが、二人の掛け合いで点描法のように歌われる。楽しくウィットに富んだ曲だった。

二曲目はスピーディなメロコアで、大巨人がクライベイビー（ワウワウ）とファズを使って七〇年代風の超バカテクをちらりと見せた。この男は賢い。″弾かずにいる″のも高度なテクニックの一つだ、という事をよく知っている。ミュージシャンの中にはやたら音の壁で四周を隙間《すきま》なく塗り固め、音の砦《とりで》を造ろうとするタイプもいる。が、ふと上を見ると天井ががら空きで、全部丸見えだったりする。頓馬《とんま》で笑えるが、こんなのに仕事で当たって九十分聴かされたりすると、″工事現場″の騒音の中にいた方がむしろ良いような捨て鉢な気持ちになることもある。

ああとあああも元気一杯だった。二人は自分の高音の限界をはるかに踏み超えて、宇宙遊泳に出た。つまりファルセットを使い、もの凄《すご》いシャウトをして見せたのだ。手に汗握った。

ああがマイクに向かって言った。

「次は短い歌を歌います。子供用の歌です」

大巨人は一番上のガットギターでポロロンと和音を奏で始めた。大巨人に弾かれると、ギターはまるでウクレレのように見えた。

♬笛ひとつ吹けば
星ひとつ降り
笛ふたつ吹けば
星ふたつ降り
笛吹けば　星が降り
笛吹けば　星が降り
夜明け前にもう一度
哀しめ♪

たったそれだけの歌だった。美しいが短い。

だが僕の胸深くに、ぽっかり口を開けていた傷口が、誰かの手によって優しく縫合されたような、そんな感銘を受けた。

最後の曲が始まった。実はこの曲のことをあまり覚えていない。僕の頭は「音楽酔い」していて、フリークスの演奏を聴けば聴くほど頭の中が酔ってくる。ビジュアルイメージと言葉とメロディと器楽が心に龍巻をおこし、ふらふらになって思考能力を失わせる。「受ける」「感じる」だけの存在になってしまう。彼女達のチャイナドレスのスリットから見え隠れする脚線が僕をエレクトさせる。アクメを抑えるためにはかなりの努力を要した。こいつらはまるでドラッグだ。しかも僕はそいつを六曲も注射されてしまった。

　最後の曲はイントロにベースの長いソロがあって、その後全員参加のロックンロールが爆音を引き連れて始まった。覚えているのはああとあああが互いに首をねじ曲げてディープキスをしたこと。大巨人が小人を肩車して互いに楽器を弾きながらステージ上を走り回ったこと。彼女達の歌う詞が非常にアグレッシブなものであったことだ。壮大な演奏が終わり、ああとあああが同時にユニゾンでマイクに語りかけた。

「皆さん、今夜はありがとうございました」

　ああが後を受けて言った。

「今度また皆さんにお会いできるかどうか、それはわかりません。なぜならこのバンドは、いつ、どこで、何時にプレイするか、そういった告知を一切しないからです。お会いできるかどうかは運命次第です」

　あああが代わった。

「あなたのそれが良き運命であることをお祈り申し上げます。今日はほんとうにありがとうございました」

　ステージに楽器を置いて全員が立ち去った。すぐに若いスタッフ二人が舞台に上がり、楽器類を回収して去った。こういうケースでの楽器盗難はたまにある。慣れたスタッフだ。激しい拍手はなかなか鳴り止《や》まなかった。だがアンコール・プレイはなかった。やがて客電が点いて、さすがに諦《あきら》めた客達は帰る準備を始めた。その時、僕はＥＸＩＴを出て廊下を走り始めていた。突き当たりの「関係者以外入室厳禁」と明示された扉をはねのける。狭い廊下が少しあって、そこに三つの楽屋があった。コレクテッド・フリークスは第二楽屋に居た。戸にバンド名を書いたプレートが貼《は》ってあったのでそれと解った。

その隣の第一楽屋は大変うるさかった。ピーチ・ボーイズの連中が酒に酔ってはしゃいでいるのだ。若い女達の嬌声《きょうせい》も耳に入った。それに比べるとフリークスの楽屋は物音ひとつしない。

僕は大きく息を数度して、魅惑され混乱した自分の心を可能なだけ鎮静させた。しかし手がまだ震えている。その震える手でドアをノックした。中から、

「はい」

という涼やかな女声がドア越しに返ってきた。

「あ。入ってよろしいでしょうか」

「どうぞ」

僕はドアを開け、中に入った。

中ではああとあああがチャイナドレスを脱いで、Ｔシャツとジーンズに着替えている

最中だった。

「あ、すみません、お着替えでしたか。失礼しました」

「いえ。後はジッパーを上げるだけですから」

とあああ。あああが尋ねた。

「どちら様？」

「はい。月刊ＯＰＳＹの副編をやっています松本と申します。初めまして」

「ＯＰＳＹ？」

太い声が聞こえた。大巨人だった。彼は三台のギターをハード・ケースに収め、シールド類やエフェクター類を一つのバッグに詰めているところだった。

「悪いけどなあ、俺はＯＰＳＹは大嫌いなんだ。エキセントリックでグロテスクだ。カウンターカルチャーか何か知らんが、若い連中を誘導して異界へ導いてだな、あんた達の描いた絵そのままの新しい文化をでっち上げようとしている。な、そうじゃねえのかい？」

小人がベースを布で拭《ふ》きながら甲高い声で言った。

「僕もそう思うね。ＯＰＳＹは汚れた雑誌だよ。取材ならお断りするよ」

僕は微笑んだ。彼らの言う通りだ。ＯＰＳＹは腹黒い腐った、既にもう終わった雑誌だ。認めざるを得ない。だから僕は胸ポケットから取り出して、いつ誰に渡そうかと考えていた自分の名刺を彼らの眼前でゆっくりと引き裂いた。そして言った。

「今夜はＯＰＳＹの記者として取材に伺ったのではありません。一人の音楽愛好者として来たのです。来ずにおられなかったのです。ですから無論レコーダーもカメラも使いません。会話を記憶して記事に投影させるといった事も絶対にしません。出版社の看板は今、外しました。その上で何分でもいい、お時間を頂けませんでしょうか」

大巨人が作業を終えて、床にどっかりと胡座《あぐら》をかくと太いハバナに火を点けた。彼が手にする葉巻は、僕たちサイズの人間がシガレットを持った、くらいの比率に見えた。

大巨人はにっこり笑うと、言った。

「そういうことなら、ああ、いいよ」

僕も煙草に火を点けて、一服してから言った。

「僕は四歳からピアノを始め、中三くらいからブルーズ・ピアノを覚え始めました。やがてシンセサイザーやハモンド・オルガンも揃《そろ》え、ひたすら毎日ロックを練習していました。一日に十二時間キーボードに向かっているような日々でした。そして大学へ行って、厳選したメンバーでバンドを組みました。楽曲も沢山書きました。バンドは日に日に息が合っていき、それに連れてファンも増えていきました。僕は舞い上がりました。うちこそ、誰にも負けない日本でトップのバンドだ、と思っていました」

「その頃の音源残ってます？　聴いてみたい」

とあああが言った。

「音源は全て捨ててしまいました。現実が僕の他愛もない夢を打ち砕いたんです。僕はバンドを世界レベルにまで引っ張り上げるために、ジュリアード音楽院に入学しました。そこに三カ月居て気づきました。あ、こりゃ駄目だと。あそこには本当の天才がごろごろいるんですよ。左右の指が一本ずつ無いドイツ人のピアニストがいました。天才でした。僕が十指を駆使して挑んでもそいつの片腕一本に負けてしまう。上を見ればキリがない。僕は自分の限界に気づきました。日本に帰ってバンドを解散し、食わなければなりませんから、以来、音楽評やコラムを書いて生きてきました。この十五年間、大変な数のバンドを観てきましたが、心から酔わせてくれたバンドは唯の一つも無かった。今夜貴方達《あなたたち》の演奏を観るまでは、です」

「気に入ってくれたんだ」

とあああが微笑んだ。

「気に入るとかそんなレベルじゃない。魂を丸ごとどっか知らない世界へ持っていかれたんですよ」

「それは私達が奇形だから？」

「いえ、違います。それは付加価値です。貴方達は自分のハンディをテコのように逆転してメリットにしている。その姿には感動しました。しかしそれよりも奇形ゆえに可能な音楽性の高さ、ビジュアル的なスペクタクル、あああさんとあああさんの官能美。それらが混然となって僕の心を歓喜させたんです」

あああはにっこり笑うと、ジーンズのポケットから細く巻いた煙草状のものを取り出し、私に差し出した。

「よろしければどうぞ」

「麻ですか」

あああは首を横に振った。

「サルビアの三十一倍濃縮よ」

僕はそれを受け取り、点火し煙を吸い込みながら尋ねた。

「どうして自分達のライブの情報を流さないんですか」

あああが答えた。

「追いかけられると困るから。ファンが増えてブランドになったりしちゃ嫌でしょ。だからメディアにも出ないし、ＣＤも出さないの。いつでも神出鬼没よ。風のように吹き過ぎる音楽でありたいの」

僕は頷《うなず》いて、またサルビアを吸った。

「今日の二曲目の歌詞は何という歌人が書いたんですか？　明治、大正、昭和。いつ頃の何という人ですか」

ああとあああが顔を見合わせてくつくつと笑った。

「あれはああと私が二人で書いたのよ」

「ほんとに？　信じられない」

「二人でね、電子辞書で遊んでいたの。気になる単語とかを昆虫みたいに採集して、それをあのリングの付いた単語カードに写して、それをベッドの上に広げて、吸い着き合う言葉と言葉をくっつけたりして紡いで遊んでたらあの詞になったの」

「曲はウォーキング・トールが書いてくれたの」

僕は二人の美しい顔を交互に見ながら、腹を決めた。

「一つお願いがあるんだけど」

「なに？」

「僕をこのバンドに入れてくれないか」

「え？」

全員の視線が僕に集まった。

「そりゃ、駄目だよ」

大巨人＝ウォーキング・トールが首を振った。

「駄目だよ」

とドラマーが言った。

「無理だね」

　とベースマン。

「不可能よ」

　とああああが呟《つぶや》いた。

「なぜ？　どうして駄目なんだい。プレイヤーとしてじゃなくてもいい、マネージャーでも坊やでも何でもいい。このチームに入りたいんだ。君達と一緒に生きたいんだ」

　ああああが僕の目を見詰めて言った。

「ダメ、絶対。だって、あなた健常者じゃない」

　ああああも口を開いた。

「私達は健常者を差別するのよ。解った？　お帰りはこちらよ」

　白く細い指がドアを指さした。

　僕はうなだれて、ゆっくり歩き始めた。サルビアが効き始めて、身体が妙に左回りに引っ張られる感じがする。しかしドラッグは僕の絶望を慰めてはくれなかった。僕はうなだれたまま楽屋を出、左に引っ張られながらエレベーターに向かった。

「松本。お前は私の所なんかへ来る前に、精神科を受診すべきだ。優秀な男がいる。紹介状を書こう」

　白神が僕の目をじっと見据えてそう言った。僕もまっすぐに白神の目を見つつ答えた。

「その必要はないよ、白神。僕は正気だ。強迫観念に取り憑《つ》かれてもいなければ、統合失調症でもない。誇大妄想狂でも躁病《そうびょう》でもない。ニヒリストではあったが今は違う。明日への希望に燃えている。その希求を可能にしてくれるのは、白神、君しかいないんだ。だからお願いに来たんだ。お願いしたいこと、なぜそうなったかは、さっき詳しく話した通りだ。白神。僕の一生に一度のお願いだ。幸福を僕に呉《く》れ」

「幸福だと？」

　叫ぶなり白神は自分の前の机をがつんと力一杯叩いた。その音は夜九時の大学附属病院の静かな廊下に、白神の診察室から鳴り響いて谺《こだま》し、しばらくしてからフェイド・アウトしていった。

「幸福？　両手、両脚を根元から切断し、陰茎にケイ素樹脂を注入して永久勃起《ぼっき》化し、さらにその陰茎を切断し、穴を開けた額の中央に移植手術するだと？　これが狂人のたわ言でなくて何だというんだ。松本。今、世界は戦争だらけだ。地雷を踏んで両脚を吹っ飛ばされた農民、腕を切断せざるを得なくなった人。糖尿病あるいは他の様々な病因によって、脚を切断手術した人。サリドマイド児、先天性多発性関節拘縮症《かんせつこうしゅくしょう》のために四肢が極度に小さい人、先天性、あるいは後天的要因によって奇形となった人。こうした人々が味わう苦痛、絶望、生活者としての不自由、社会からの差別視、一言で言えば、

〝不幸〟。そんなことの一かけらにでもお前は思いを馳《は》せたことがあるのか。何が自己奇形化だ。ダルマになって額にチンポコを付ける？　そんなことを〝幸福〟だと考えるお前のその思考自体が狂気だ。だから精神科へ行けと言っとるんだ」

白神は激昂《げっこう》していた。僕は三本目の煙草に火を点けて、極力静かに言った。

「白神。落ち着いてよく僕の言うことを聞いてくれ。例えば人間が千人いれば千通りの幸福がある。第三者が見て〝あ、この人は幸福な人だ〟と思っても、その人自身は不幸のどん底にいるケースは沢山ある。逆もまた真なり。で、状況から見て、どう見ても不幸の塊でしかない人でも、当人は天上的喜悦の至高の幸福に震えていることもある。幸福というのは唯の言葉だ。抽象的概念に過ぎない。白神は優秀な頭脳に恵まれ、中学、高校をトップで卒業し、最高の医大へストレートに、しかも最高順位で入学し、六年間、必死に医学を学んだ。インターンとしても最高だったし、この医大附属病院でもスキル、ケーススタディを積み重ね、三十五の若さで既に世界的水準でトップを切る名医になった。僕は尊敬しているよ。君は名医であり、しかも非常に知的な、豊饒《ほうじょう》な知性の沃野《よくや》をバックボーンに持っている。ただね、白神。君にもやや欠けている所は有る」

「私に欠けている？　何だい、それは」

白神が机に肘《ひじ》をつき、身を乗り出して尋ねてきた。僕は答えた。

「感性だよ」

白神は腕を組み、僕を見た。

「それは……そうかも知れん。私には感性が欠けている……かも知れん。お前に比べればな。私はいわば左脳だけで生きてきた人間だ」

「だから僕を狂人扱いするんだよ。僕はね、コレクテッド・フリークスを観た後、四日間、ろくすっぽ眠らないで考えたんだよ。自分の今まで、来《こ》し方《かた》をね。結論から言うと、僕という人間は生まれてから今日まで、ずっと〝ゾンビ〟だった。眠り、起き、飯を食い、糞小便をし、人が〝仕事〟と呼ぶものをやり、歩き、走り、止まり、たまにだがセックスをし、要するに動いてはいた。しかし、一瞬たりとも〝生きた〟ことは無かった。つまり〝ゾンビ〟だよ。しかし、僕は〝生きる〟ことにした。コレクテッド・フリークスに入る。それが僕にとっては〝生きる〟ことだ。そのためには自身を奇形化しなければならない。だから僕の知る限りで一番腕のたつ信頼のおける外科医である白神、君に頼みに来たんだよ。頼む、手術をしてくれ。もし断れば君は憲法に背くことになるぞ」

「憲法違反？　どういうことだ」

「日本国憲法第十三条。〝国民の幸福追求権〟を阻害することになる。患者の肉体的、精神的幸福のために尽力すべき存在である、医師としての自分の義務を放擲《ほうてき》することになる。君は医師だろ、白神」

白神は、

「ちょっと。ちょっと待ってくれ」

と言いながら机の上に額を押し付け、両腕で頭を抱え込んで、考え始めた。

僕は黙って待っていた。僕にはずいぶん長い時間に思えたが、実際には四、五分だったかもしれない。白神がゆっくりと頭を上げ、僕を見た。

「……四肢の切断は外科技術としてそう難しいオペではない。しかし」

やった！　白神が僕の願いを受け容《い》れてくれた。僕は小躍りしたい歓《よろこ》びと感動を覚えた。

「問題は勃起化させたペニスを大脳と接続移植するというところだ。〝自家移植〟というんだが、同一人体の移植は成功率は非常に高い。植毛や植皮術なんかじゃ、余程のアクシデントが無い限り成功する。ただお前が言ってる脳との接続移植というのは私は前例を知らないんだ。松本の言ってるのは眉間《みけん》の上三㎝辺り。いわゆる〝第三の目〟といわれる所だ。ここの外皮、筋肉、頭蓋骨《ずがいこつ》を刳貫《こかん》すると、出てくるのは髄液だ。脳というものは百五十ccほどのこの髄液の中にぷかんと浮かぶ状態で保護されている。これを越して大脳に行き着く訳だが、右脳と左脳の丁度中間部分辺りに陰茎が接続されることになるだろう。その大脳皮質というのは神経細胞が集まってできている灰白質なる部分だ。もしそのまま直進を続けるとすれば、行き着く所は松果体《しょうかたい》だ。勿論そんなことはできない。大脳皮質の表面で陰茎と大脳の神経とを可能な限りコネクトし、血管は脳底動脈から引っ張ってきて陰茎の血管とパイプつなぎする。それにしても大脳皮質は非常にデリケートな組織だ。接続した結果お前の思考、運動機能にどんな障害が現われるか、私には予測がつかないし、責任も持てない。手術が成功する確率は五十五％だ。四十五％の確率でお前は死亡するか廃人になるかだ。もし、それで良ければ、親友のよしみで、手術を引き受ける。さ、どうする」

僕は深く頭を下げた。

「恩に着るよ。で、いつ手術してくれる。早い方がいいんだが」

白神は手帳を出して眺めた。

「あさって、子供を動物園に連れてく約束をしている。子供には悪いが、これをキャンセルしよう」

僕は席を立ちながら、

「ありがとう」

そう言って出口に向かった。白神が僕の背に向かって声を放った。

「松本」

「何だい」

「一言だけ言わせろ」

「ああ、言ってくれ」

白神は僕に向かって大声で叫んだ。

「阿呆《あほ》！」

アンプが「ジ――」と雑音を立てている。ウォーキング・トールが自分のエレキギターの弦にそっと手を置くと、雑音が止まった。

目の前は暗幕。客席の笑い声が聞こえる。

僕はパイプ椅子の上に置物のようにちょこんと置かれている。肩口から口元にハモニカ・ホルダー。装着しているのは「A」のキーのブルーズ・ハープだ。これで「D」のキーのブルーズが吹ける。大学時代、毎日ブルーズ・ハープをポケットに入れて歩いていた。いつでもどこでも練習できる。ベンディング（吸音で半音下げる技術）なんて朝メシ前だ。キーボードに飽きたらいつもステージでブルーズを吹いていた。それが今頃役に立つのだ。口元のすぐ近くにマイク・スタンドが立っている。

ベースのショート・ホープも、ギターのウォーキング・トールも、ドラムスのトリプル・アームズも、みんな用意万端だ。

ステージ中央のマイク前ではああとあああが何かふざけて笑い合っている。今日はまっ赤なタンクトップにまっ赤なホットパンツだ。僕の方からはそのきれいな脚とくりくりしたヒップが見える。

〃今夜もひいひい言わせるからな〃

心中で勇み立つ。おでこのペニスも勃起している。手足のない僕にああが「でこちんクン」という名をつけてくれた。毎晩二人におでこのペニスと舌で奉仕している。一つの性器に入れるのだが、ああとああでは反応が違う。

ああはいつも歯を喰いしばって、声を出さない。でも首を激しく振って押し寄せる性感に耐えている。ああはその名の通り、

「あっ、あっ、あっ」

と切ない声を立てる。イクときはなぜか二人同時だ。

僕は至福の生活を送っている。

僕は生きている。

やがてトリプル・アームズがカウントを取ってドラムスを叩き始めた。

ショート・ホープとウォーキング・トールが所定のフレットに指を置く。

幕がゆっくりと上がり始めた。

ライトが、かっと我々を照らし出す。

一曲目のイントロが始まった。

水妖はん

〈一〉

「変わったことと言われてもなぁ。この沼ヶ崎は平家の落ち武者でできた隠れ里やさかい、ただただひっそりと暮してきたんじゃ」

村長の竹造は少し困ったような顔をして横山の方を見た。

「隠れ里やさかいに、なまじ変わったことが起こるとこっちが困りますのや。ここ百年で一番変わったことと言えば、ローソンができたことくらいやな。嫁さんがさぼることを覚えて飯を作らんようになった。晩飯にあの三角の真っ黒なおにぎりが出るようになった。それでも〝栄養は足りてます〟と澄ました顔をしておる。ここ百年程で変わったといえばそういうことだけや」

竹造は愛猫のチータを膝《ひざ》に乗せて、蚤《のみ》を取ってやりながら上目づかいに横山の方を見た。

横山は少し困惑した。

横山の仕事はフリーのイラスト・ライターである。取材するべき土地に行って相手の話を聞きながら同時にイラストも描いてしまう。誰にでもできる仕事ではない。それに発注者としてはライター一人とカメラマン一人の二人に頼むより、横山一人に頼んだ方が安く上がる。みみっちい話だがエディトリアルの現場というのはそんなものなのだ。横山が仕事を貰《もら》っている雑誌には『故郷《ふるさと》さん、今日は』というコラムがあって、横山はこのコラムで沢山の収入を得ている。いわば横山の命綱のようなコーナーなのだ。今回もカメラマンは付けずにやってきた。写真は横山が適当に撮って、後でイラストに起こす。

今までに四十くらいの村落を取材してきた。中には今回のようなケースも十件程あった。村長の口が固くて面白い情報が引っ張り出せないのだ。横山は人見知りしない性質で愛嬌《あいきよう》もあるので、これまで何とかやって来れた。

「村長、この村の産物はどういう物があるのでしょうか」

村長の竹造は困ったような顔で二、三秒考えていたが、やがて答えた。

「米だよ、米」

横山はほとほと困り果ててしまった。

そのとき襖《ふすま》を開けて一人の男が入ってきた。がっしりとした身体《からだ》つきでその風貌《ふうぼう》は村長の竹造に良く似ている。

「新造か、足で襖を蹴《け》るような入り方をするんやない」

竹造は横山の方を見て苦笑いした。

「長男の新造です。来週から役場に勤めるのですが、全くものになるやらならぬやら。いいか。今度シンナーを吸ったら勘当するからな」

「はいはい。もう大人なんだ。シンナーなんかやるもんか。それより新しい情報が入ったよ。この村の外れにある家の離れを借りて勉強していた受験生がいたでしょう。そう、古崎さんの息子。あの子がいなくなったんだよ。八日くらい前から。こんな狭い村で八日間も姿を消すなんてあり得ないじゃない」

「何、古崎のせがれが八日間も帰っていないのか。それはおかしい。わしはこれから駐在所へ行って、松ちゃんに話をしてから松ちゃんと古崎の家の様子を見てくる。おまえはここで電話番をしておれ。それから取材の横山さん。あんた今日はもう帰ってくれ。ご覧の事情だ」

「いいえ、私は残ります。何かお手伝いができると思いますので」

「そうか。それなら好きにするがええ」

この時、横山の頭にはすでにコラムのタイトルができていた。

〝小さな村の小さな逃亡者〟

それから横山は勘当息子と何時間かを過ごすことになる。まぁそれはそれで役に立つ時間であった。

この新造によって横山は、現在のシャブというのは腕に打つのではなく、ホイルでいぶして鼻から吸うのだということを、初めて教えられた。又、横山はオランダが欧州で唯一つのマリファナ合法国であるらしいことも知らされた。それから話はストンと飛んで、ヒマラヤの雪男やネッシー、UFOにまで及んだ。横山はその手の話は嫌いではないので、自分からツチノコやヒバゴンの話を持ち出し、熱弁をふるった。しかし悲しいかな合致した二人の結論は、そうした怪物は発見者の錯覚か、もしくはマスコミの捏造《ねつぞう》によるものであるというものであった。

「夢も見られないんだよ。おれたちは」

勘当息子の新造は立ち上がって台所を覗《のぞ》くと、

「お、日本酒があるな。横山さん、お酒飲む？」

「ああ頂こうかな」

新造はぐい呑《の》みを二つと一升壜《いっしょうびん》を持って横山のいる机に戻ってきた。

「おや、チータがいるよ。チータこっちへおいで。おまえの太腿《ふともも》はおいしそうだね。酒の肴《さかな》に提供してくれないか」

言われたチータは人語を解するが如《ごと》く二階への階段を、とととととっと登って逃げて行った。

「おーいチータ」

と呼んでいるところへ、転びそうな勢いで竹造と松ちゃんだと思われる警官が入って来た。新造が、

「親父も松ちゃんも、何をじたばたしてるんだ」

竹造はほとんど叫んでいるような、ヒステリックな声で、

「皆んなおろおろするな」

と言った。松ちゃんは風呂敷に包んだ丸いものを脇息《きようそく》代わりにして左肘《ひだりひじ》をつきながら、

「まぁまぁ皆んな落ち着いて」

と言った。

そんな松ちゃんに竹造が震える声で、

「あんた、何に肘をついとるんや」

と呟《つぶや》いた。松ちゃんは自分の肘を見、風呂敷包みを見、自分の肘を見、ついにはひゃぁっと言って横山に抱き付いた。

「一体どうしたんですか。パニックにおちいらないでゆっくり説明をしてくださいよ」

横山は物書きなので、こういう事態には慣れている。

新造がコップに注《つ》いできた日本酒をくっくっくっくと半分がた空けて、竹造は一息ついたのか話し始めた。

「古崎の息子のいる家に着いて、チャイムを押したりドアを叩《たた》いたりするのだが、一向に誰かが出て来る気配がない。松ちゃんが仕方なく針金を使って鍵《かぎ》を開けた」

新造が松ちゃんのために酒を注いで言った。

「松ちゃんは普段でも鍵の開け方なんか練習してはるんですか。物騒だなぁ」

「何、この世に泥棒がいる限り敵の手口も研究しとかんとね」

松ちゃんは酒を一口飲むとプハッと息をついた。

「我々は真っ暗な家の中を一歩ずつ進んだ。しばらく行くと、電灯のスイッチが手に当たった。入ったところが息子の部屋やった。壁一杯に大きな血糊《ちのり》の文字で『沼で死ぬ。わたる』と書いてあった。わしらは便所とその横の風呂を調べてみた。風呂の湯槽《ゆぶね》には血が溜《たま》っていた。それ程の出血でも死ねなかったのだろう。渡は沼へ行ったのだ」

竹造が松ちゃんの言葉を継いだ。

「わしらは走るようにして沼の周囲を探した。しかし渡は見つからなかった。いくら探しても、渡は見つからなかった。そのかわり、これが」

竹造と松ちゃんが二人でお互いに目を背けながら一気に包みを開くと中からゴロン、生首が転がり出て来た。

「それは」

新造が飛び下がって言った。

「古崎の渡ちゃんや」

新造もしばらくは呼吸の調整がつかない程驚いていているようだった。

「こんなもの」

と叫んで新造は松ちゃんに生首を投げつけた。松ちゃんは生首をはっしと受け止めると、

「てめえら皆んな、公務執行妨害で逮捕したるからな」

言うなり横山に生首を投げつけた。横山は叫んだ。

「わたしら、何の悪いこともしていないのにどうしてこんな目にあわんといかんのですか。権力や、皆んな権力が悪いんだ。ポリ公出て行け」

叫ぶと松ちゃんに生首を投げつけた。

「ええ加減にせんかい。機動隊呼んだろか、われ。われ」

言い終わって松ちゃんはふっと〝われ〟に返って、

「我々一体何をしているんでしょうなぁ」

新造が答えた。

「平成十四年のフットボール」

全員が後ろへ引っくり返った。

〈二〉

一同は古崎の家内の一番高いところ、つまり箪笥《たんす》の上に生首と一握りの塩とコップ酒を置き、それに向かって全員でお祈りをした。そして竹造の家で一服することにした。竹造、新造、横山、松ちゃんの四人である。

「新造、酒を持って来い」

竹造は新造に命令した。〝やれやれ今日はやたらと酒を運ばされる日だ〟新造は心の中でそう呟いた。やがて運ばれて来た酒を全員がコップ酒でやり始めた。竹造が細い声で、

「やれやれ、これで水妖《すいよう》はんもしばらくは出て来ないだろう」

「だといいがなぁ」

と、松ちゃんが言った。全員が深くうなずいた。だが中に一人だけ納得していない者があった。横山である。

「ちょ、ちょっと待って下さい。何なんですか、その水妖はんというのは」

竹造が頭を掻《か》きながら言った。

「やぁ、下手《へた》をしたなぁ。外の者に水妖はんのことを聞かれてしまうとは。いやぁ、阿《あ》

呆《ほ》や阿呆や、わしが阿呆やった」

「で、何なんです。水妖はんというのは」

「しょうがない。言うてしまおうか」

竹造が一座の面々を見渡した。新造、松ちゃん、いずれも深くうなずいていた。

「この村は代々無筆の村で、明治に入るまでは物事を学校で習うということがなかった。村の歴史などは全て口伝《くでん》で習った。その口伝は歴史的にかなり深いところまで入っていて、古いところでは平安時代にまで遡《さかのぼ》る。その頃の被征服者の、つまり平家に滅ぼされる前の部族の口伝に恐るべきことが語られている。すなわち『我々は滅び去って行くが、ただ逃げ去って行くのではない。我々はおまえらの水源地である沼に三つのものを放った。一つは小さな虫、二つは半ばの虫、三つは大いなる虫。これらの虫に苛《さいな》まれておまえらは千年以内に滅亡するであろう』」

横山は腕を組んで聞いていたが、竹造の話が終わるとカッと目を見開き、

「恐るべき口伝ですね。そしてその口伝は真実だったのですか」

「その続きは、わしが話そう」

松ちゃんが言葉を継いだ。

「明治二十五年から昭和八年にかけて、国の大々的な調査がこの村に入った。なぜならこの地区の児童と老人の死亡率があまりにも高く、なおかつその原因が解明されていな

いからだった。小さな虫。これは比較的早く解明された。日本住血吸虫だったのだよ。二つ目の虫も比較的早期に解明された。この村の食生活に原因があった。この村では老若男女全て喜んでガマガエルを食べる。貴重な蛋白源《たんぱくげん》だったのだから仕方がない。だが、このガマにはブフォテニン、ブフォタリンという成分が入っていて摂り過ぎれば死に至ることがある。国の指導のもと、一の虫と二の虫については実体が解《わか》った。しかし解らないのが第三の虫で、国の調査でも不明のままに終わった。村自体としてはこの第三の虫の解明にかなりの予算をキープしているのだが、それを聞いてやって来るのはエセ者の科学博士、出所不明の生物学教授。皆んな得体の知れない機械を持ち込んで来たり、沼全体に電線を張りめぐらしたり、やりたい放題だ。しかし一人として大きな虫の正体を暴きだした者はない。どうだね。こんな話でもお役に立てただろうか」

「その虫が水妖はん、という訳ですね。しかしそんな恐ろしいものに何でまた〝はん〟などという愛称をつけたのでしょうか」

新造が答えた。

「いや、この関西ではね、生活に密着したものにさんとかはんとか愛称を付けるんだよ。例えば〝かぼちゃ〟と言ってしまえば身も蓋《ふた》もないが、これを〝なんきんさん〟といえば何となく愛着がわいてくるだろ。ただその癖の悪いところがでたのがこの水妖はんだ。いつ自分の命を取るかも解らないものに〝はん〟も〝さん〟もないだろう。どこまで人がええんや、関西人は。おれなんかほんまに腹立つときある」

まぁまぁもう一杯飲みましょう、と横山が新造に酌をした。

「魚探《ぎょたん》はしたんですか」

横山が言った。

「え」

と一同が横山の方を見た。松ちゃんが、

「それはしたんだよ。何回も何回も魚群探知器でこの沼の底を映して貰ったんや。けど何せ沼のことやさかい、どろどろしてて何が何やらよう解らん。大きな生物なんか、ただの枯れ木なんかよう解らん。大きな鯉《こい》とちがうかと言う人もおれば、台風の時に流れ込んできたピラルクーとちがうかという人もいる。しかし皆んな理屈をこねるばっかりや。科学というのは現象があって、それに対する理論があって、しかもそれを再現できることや。どいつもこいつも、その三の再現性がなっとらん。デッド・オア・アライブ。水妖はんを役所の前の広場に連れて来たらええんや。わしらを無学な村人やと思うて予算をたかりに来よる。わしらの間ではこの説が有力になってきよる。つまり琵琶湖《びわこ》にブルーギルやブラックバスが大繁殖したようなことが、うちの沼でも起こっているのではないか。あんまり小さいから魚探にも映らへん。何せ水妖はんは小《ち》っちゃい魚ばっかりで、いざというときにならんと集結せえへん。これがわしの推測なんやけどなぁ」

横山はもうすっかり水妖はんの虜《とりこ》になっていた。

その日は竹造の家に泊めて貰い、翌日からは県警からの刑事、鑑識も立ち会ってのちょっとした捜査になる予定であった。


〈三〉


「横山さん、おれたち二人で警察を出し抜かへんか」

新造は余った日本酒をコップでやりながら言った。

横山もやはり日本酒を啜《すす》りながら言った。

「二人で水妖はんの正体を暴いてしまうんですね。これは愉快だ」

新造はにたにた笑いながら、

「横山さん、手伝ってくれるかい」

「もちろんです。私はプロのライターなんですよ。こんな面白いネタに飛びつかない訳がないでしょう」

「この村の子供はね、いつも水妖はんをダシにして叱《しか》られてきたんだ。立ち小便をすると水妖はんにおちんちんを食べられてしまいますよとか、ピーマンを嫌うと夜中に水妖はんが来て口の中にピーマンを押し込みますよとかな、水妖はんのことでさんざん脅されたものだ。この際横山さんと組んで水妖はんの正体を暴いて、村の皆んなに見せびらかしてやろうと思うんや」

横山は一升壜から酒をコップに注ぐとぐびぐびと二口飲んだ。そしてぶるぶるっと二回体を震わせた。

「横山さん、そんなに体を震わせてやっぱり怖いのかい」

「何を言う。今のは武者震いってやつさ」

「そうくると思って水妖はん退治のグッズを、それこそありとあらゆる物を用意したんだ。それも二人分ね」

「君はお父さんと行こうと思っていたんだね」

「しかしな、あんなにビビリだと連れていく方の命が危ない。横山さん、一つ頼みますよ」

「わかりました。で、その道具というのはどういう物ですか」

「こっちです。隣の部屋に集めてあります」

新造は隣の部屋の襖を開けた。

「おお、これは」

と横山が唸《うな》った。

「これを見て下さい。相手に触れて電気ショックを起こさせる器具です。最初はＯＬなんかが痴漢よけに所持していたものですが、最近では情けないことにヤクザまでこれを持つようになった。一応五百ボルトは出るからね、この器械は。そしてこれは正真正銘、ほんものの日本刀だ」

新造は日本刀を手に取るとしゅらっと抜き放った。

「軍刀なんかじゃないよ。名のある名人が作ったものだ。それにこれを見てくれ」

新造は部屋の奥の方から散弾銃を取りだした。横山が、

「すごい。まるで殺人兵器の博物館みたいだ。しかし新造さん、あなたどうやってこれらの物を集めたんですか」

新造は笑って、

「まぁこんな村でも掘っているとあちこちから色んなものが出てくるからね。ああそうだ。手榴弾《しゅりゅうだん》もあるんだ。見るかい」

「ええ、見せて貰いましょう」

新造は部屋の奥から二個の手榴弾を持って来た。

「見てくれ。ピカピカだろ。これも出てきたときは錆《さび》だらけ、泥だらけで見られたもんじゃなかった。この手榴弾にしてもあの散弾銃にしても、皆んなおれが再生してやったんだ。だからこいつらは形ばかりじゃない。立派に武器として稼動するんだ」

横山にはこの新造という男の正体がだんだんと見えてきた。このかわいい武器達を、

機会があれば使ってみたい。しかし日本国内で人殺しをする訳にはいかない。新造は待っていたのだ。水妖はんに散弾銃をぶちかまし、日本刀で斬《き》りつける機会を。


竹造の家に夜遅く医者の井口がやってきた。井口は竹造の血圧を測りながら、

「水妖はんが出たんだってなぁ」

「あんた誰からそれを聞いたんや」

井口は答えた。

「こんな狭い村やからなぁ。どこの坊《ぼん》が風邪《かぜ》ひいた、良うなってきた、治った。そんなことまで村中お見透しや。それで水妖はんは今度は何をしたんや。わしの覚えてる限りでは、昭和四十二年に深川んとこの牛を一頭喰《く》いよった。それから十二年前に立石の息子が喰われた。水妖はんは喰い溜《だ》めができるのでそうしょっちゅうは出てこんのやが、今度は何をしたんや」

竹造が答えた。

「古崎の息子がやられた。ただやっかいなんは古崎の家の息子の渡が自殺しようと手首を切っていたんや。しかし思うように死ねそうもないので、壁に血で『沼で死ぬ』と書いて家を出た。それから後のことはよう解らん。わしと松ちゃんで沼中を探したら、渡の首だけあった」

井口医師は驚いて、

「首だけがか。で、その首は今どこにある」

「古崎の家の離れの箪笥の上や」

「そうか」

老医師は何ごとか考えながら古崎の家へ向かった。


夜明けの四時頃二人の男の黒い姿があった。ウェットスーツで定かには見えないが、それは横山と新造であった。二人はなくなった渡の身体を探し、又うまくいけば水妖はんの姿をも探そうというのだった。その為《ため》に新造は水中眼鏡《すいちゅうめがね》も持参していた。スキューバ・ダイヴィングではバディーシステムといって必ず二人で潜るルールになっている。しかし今の二人はそんなルールは抜きだ。横山が潜れば新造が沼上の異変を見守っている。新造が潜ったときには横山が沼の変化を見守っている。もちろん散弾銃、日本刀、手榴弾などの武器は慎重に舟の上に保管されている。何時間もがてらてらとした初夏の陽気の下に過ぎていった。

「くそ。おれが沼の栓を抜いてやろうか」

と新造が吠《ほ》えた。その新造をなだめて横山が、

「おいおい。そんなに興奮するんじゃない。いる魚も逃げてしまうじゃないか」

新造は舟べりに腰を下ろして、

「ああそうだったな。おれは釣りに向いていない。よく世間ではせっかちな人が釣りに向いているというが、あれは嘘《うそ》だ。こんなにせっかちなおれが釣り嫌いなんだからな。ははは」

新造は力なく笑った。それにつられて横山も、

「ははは」

と力なく笑った。その時、ザッパーンと大きな音がして何かがボートに体当たりしてきた。その為にボートは五十度程傾き、新造は危うく沼に投げ出されるところだった。

「なっ、何だこれは」

と横山が叫んだ。

「水妖はんや」

と新造が唸るように言った。沼でもこの辺の水深は浅いのか、水を通して四メートル程の胴体が見て取れた。そしてその胴体は甲羅に覆われていた。短い手足があった。この手足には水搔きがあった。そして身体のてっぺんには比較的小さな頭があった。

「これが水妖はんか」

新造が言った。

「今に見とれ」

新造はボートの奥から散弾銃を持ち出すと、弾が入っているかどうかチェックした。ピカピカの弾が二つ、しっかりとこめられていた。

「横山さん、おれはこのボートの左側に体重を預けるから、あんたは右側におってくれ」

新造は左側に立つと沼底の水妖はんの頭めがけて、思い切り引き金を引いた。

ズドーン！

と、激しい音がした。沼の水面に無数の水の輪ができた。

新造はそれでも飽き足らず二発目を放った。新造はこのとき、もう少しよく考えるべきだったのだ。空中から水中に撃ち込んだ弾は水が抵抗力となって、空中で撃ったときの半分以下の破壊力しか出せない。水妖はんは怒ったのか首を伸ばした。その首は恐るべき長さでニュルニュルッと伸びてきた。ほとんど身体の長さ程ある首だった。横山が日本刀を持ち出してその長い首に斬り付けたが、粘液に覆われており、いたずらに空滑りするばかり。思うように斬れなかった。

やがて水妖はんがその長い首でボートを薙《な》ぎ払うようにした。新造と横山は沼の中に投げ出された。

「えい、ちくしょう」

新造はボートのへりにつかまって何とか上に登ろうとした。が、どうも体の様子がおかしい。いつもとちがう。新造は首に回していた水中眼鏡で、水の下の自分の体を眺めた。腰から下がなかった。

「嘘だろ」

呟きながら、新造は何物かに引きずられて沼の底へと落ちて行った。その間に横山は泳いで沼の岸辺へ辿《たど》り着いた。荒い息をしていると、後ろに立つ人影があった。

「これを飲みなさい」

白い小さな錠剤だった。

「精神安定剤だよ」

振り返ると白衣を着た老人が立っていた。横山は会ったことがないが、この人物が医者の井口であるようだった。井口は懐に猫のチータを抱いていた。

「どれ、わしも水妖はんの顔でも見てくるかな」

井口はもやってあるボートに一人で乗り込もうとした。

「とんでもない。御老人が一人でこの沼に舟を出すなんて、自殺行為ですよ」

井口は笑った。

「なぁに、一人じゃない。チータがついとる。なぜかわしになついて目が合うとくっついてくるんじゃ」

横山は激しく迷った。たった今新造が殺されたばかりなのだ。あんな化け物がいる沼へもう一度行くなんて、それこそ自殺行為だ。だが一方で横山の正義感が激しく揺れた。あんなか細い老人を水妖はんのいる沼へたった一人で行かせることはできない。結局横山は井口医師とチータに付いて行くことにした。今度は武器も何もない。徒手空拳《としゅくうけん》である。ボートはゆっくりと沼の中央を目指して進んだ。

二十分程進むとチータが井口の懐から飛び出して、ニャーオ、ニャーオと鳴いた。チータは舟の先端で鳴いていた。その尻《し》っ尾《ぽ》は普段の四倍くらいに膨れ上がっていた。

「近いぞ」

と井口が言った。

「犬は人間の何十万倍という嗅覚《きゅうかく》を持つというが、猫もこれでなかなか勘の鋭いもんでな」

井口は右舷《うげん》を覗き込んで、

「自分の命がかかっているとなると」

そして左舷を覗き込み、

「猫も人間も必死だ」

井口は横山に、

「あんた、舟のケツの方を見てくれんか」

横山は恐る恐る舟の後部の沼水を覗き込んだ。

妖《あやか》しの影はどこにもなかった。それを井口に告げると、

「そうなると先っちょしかないな」

と言って舟首を覗き込んだ。

「おお、おるおる。しかもうまい具合にこっちに口を向けとるわい」

横山は、

「え、本当ですか。あんなものもう二度と見たくない」

「その気持ちはわしにもわかるよ。しかしこれだけは済ましとかんとな」

医師はポケットから紙包みを二つ取り出し、舟首でその二つの包みを開けた。中から白い粉がはらはらとこぼれ落ちた。

「少し揺れるかも知れんぞ」

横山は訳のわからないまま舟尾にかじりついた。

ほどなく激しい揺れがボートを襲った。振り落とされそうな程の揺れだった。

「これはすごい」

井口が呻《うめ》いた。チータは井口の白衣にしがみついていた。やがて揺れがゆっくりと治まった。舟の前方にぼっかりと怪物の姿が浮かび上がった。井口はその怪物を見て、

「これが大いなる虫か。スッポンやな。まぁ千年も経たんと、これだけの大きさにはならんわな」

横山はまだがくがくと震えていた。震えながら、

「先生はあいつに何をされたんですか」

と尋ねた。

井口はポケットから先程の薬を取り出すと、横山に向かって、

「青酸や。一服飲むか」

と言った。


〈四〉

沼の底でそいつは考えた。クルミ程の小さな脳でも考えることはできた。
アイツラオレノコドモコロシタ、オレアイツラコロス、ヌマノサカナヨリモタクサンコロス
そいつの体長は十六メートル程あった。そいつは沼の底の岩を口に入れてガリッと噛《か》み砕いた。

43号線の亡霊

チャンス、チャンス、チャンス。千秋の想いで俺達はそのチャンスを待っていた。世界を経めぐり、夜の歓楽を探訪しつくし、脳髄《のうずい》をとろけさせるような美食を味わいつくした我々放蕩息子《ほうとうむすこ》どもにとって、見たことも聞いたこともないものにまみえるチャンスというのは、もうわずかしか残されていなかった。

「幽霊が見てみたい」

俺達は真剣にそう望んでいた。

戦慄《せんりつ》ということに関していえば、「スピード」がある。それすらも俺達は、ガムのようにしがみ尽くしてしまっていた。レーシング・カーで街路をぶっとばしてみたこともある。故意にブレーキを壊した車で、山道を走破したこともある。

「ゾッとするような幽霊が見てみたい」

これが、当面の俺達の欲望だった。退屈にはウンザリだ。そいつは小うるさい母親のように俺をドアの隙間《すきま》からのぞき込んでいる。

御影市場《みかげいちば》の近くに、夜中に石垣に後ろ向きに貼りついてるババアの幽霊が出ると聞いては、ウィスキーをぶらさげて出かけ、六甲山《ろっこうさん》トンネルに兄弟の幽霊が出ると聞いては車をぶっとばしていき、あっちへ行き、こっちへ飛び、何度、我々は徒労《とろう》のいがらっぽい後味を噛《か》みしめながら帰ってきたことだろう。

国道43号線の亡霊の話を耳にはさんだのはちょうどその頃だった。

43号線は片側四車線のかなり広大な国道だが、不思議なことが一つある。外側の二車線に、白々と大きな文字で、

「10：00PM～6：00AMまで自転車専用」

と明示してあるのだ。

俺と内山と鈴森は43号線をタイヤが焼けるほどすっとばしながら、論争を始めた。

「夜の十時から朝の六時まで？　犬っころも走らんような時間に、誰がこの国道で自転車こぐんだ？　何、考えてんだ、こいつら」

内山が後ろでわめいている。

「これはね、君、近所にきっと競輪選手《けいりんせんしゅ》の学校があるんだよ。夜間に路上で実地訓練をするわけだ。な？」

俺が名解答を出す。

「ちがうな。それはちがう。これは騒音規制だ。外側の二車線を減らせば騒音はぐっと減るはずだ。この道路はトラックが多くて、しかもひっきりなしだからな。それにして

も、何で自転車専用なんて、まわりくどい言い方をするんだろう。騒音防止なら騒音防止って、パシッと書きゃあいいじゃないか。それとも、何かそう書けない理由でもあるってのか、ええ？」

内山は、今夜は妙にカラむ。きっと後ろのシートに座らされたせいだ。そのとき、運転しながら鈴森がポツンと呟《つぶや》いた。

「いや、競輪選手で思い出したぞ。お前ら聞いたことないか？　この道に競輪選手の亡霊が出るって話。誰に聞いたんだったかな、俺……」

俺と内山は大笑いした。ヘルメットをかぶって、自転車こいでる幽霊か、こいつはケッサクだ。エッサカエッサカ自転車幽霊か。涙が出るぜ。

鈴森が毎晩、夜中に43号線で彼のポルシェを駆るようになったのは、それからだった。彼の頭の中には、自転車に乗った奇妙な亡霊という観念がとりついて離れなくなり、夜《よ》毎《ごと》43号線の暗がりをとばす度に、その観念はほとんどオブセッションにまで膨《ふく》れ上っていったのである。そうなると、鈴森という男は粘着型《ねんちやくがた》の気質の持主だ。彼の43号線参りはそれからたっぷり一カ月は続いた。俺と内山も、この夜毎の変チクリンなドライブを肴《さかな》にしながら部屋でウィスキーをあおり、鈴森の帰りを待つのが日課になってしまった。

鈴森が、彼のお目当ての「モノ」に逢《あ》ったあと、ひどく青い顔をして帰ってきたのは、ある十月の新月の夜だった。鈴森はドアを閉めると、さだかでない視線を我々に投げながら、あとで考えれば意外にしっかりとした声で、

「見た」

と言った。

鈴森の話はこうだ。

その夜、彼は西宮と三宮の間を何と三回も往復したのだそうだ。いっこうに現われない奇妙な亡霊を求めながらの深夜のドライブは、今では彼にとって不思議な静謐《せいひつ》に満たされた貴重な精神的時間にまで昇華していたのである。

三回目の帰り、ちょうど魚崎《うおざき》のフェリー乗り場へ行く道との交差点で、彼は信号を待っていた。

月初め、平日の深夜。車の数はすくない。

彼はバッグからシロップの小ビンを取り出すと、片手でフタをあけてその中身を少し飲んだ。このシロップには、リン酸ジヒドロコデインと塩酸エフェドリン、その他の成分が彼に言わせると、

「絶妙なるブレンド」

で調合されている。彼は一日中この小ビンを手離さない。このシロップを飲んで、しばらくすると、「死」に似た感情、それも安寧《あんねい》と静けさに満たされた、「聖者《せいじゃ》の死」にも似た至福の酔いがやってくる。それは意識のある死、眠りと覚醒《かくせい》のはざかいを小舟でたゆたっているような、まどろみの感覚である。

しかし、彼のような常用者になると、効《き》くことは効いても、車の運転ぐらいは平気でできるぐらいにまで体が慣れてしまっているのである。

彼は目をつむり、長目《ながめ》のため息を一つつくと、目をあけて信号機を見た。まだ赤だ。左のサイドミラーを見た。小さなクリーム色のライトが、ポツンと一つ、弱々しく光っている。オートバイのライトの強烈さではない。

「自転車だ！」

彼は、シロップの酔いを振り払うように激しく頭をふると、ミラーに向かって身をのりだした。信号が変わった。後ろのトラックが激しくクラクションを鳴らす。彼はしぶしぶポルシェを発進させると、信号を越えたところの路肩《ろかた》に車を停め、後ろの自転車をもっと見るために、首をねじ曲げて目をみはった。トラックが轟音《ごうおん》をたてて行き過ぎる。

「何をしているんだろう……」

その自転車は、彼の車の後ろ、七、八ｍのところに止まったまま動かない。目をこらす。よく見えない。が、確かに一般タイプの自転車ではない。スポーツ・タイプ、それも競技用の物だ。乗っているのは、ぼんやりと、奇妙にぼんやりとしているが……男だ。黄色いヘッド・ギアのようなものを頭につけている。彼はギアをバックにいれた。まっ赤なランプがその自転車を照らす。だがその全体は、まるで光が半分素通りしたように、奇妙にはっきりとしないのだ。

「奴だ……。奴だ、奴だ、奴だ！」

彼は猛然《もうぜん》と車をバックさせると、その自転車に五、六m近づけてピタッと停めた。ところが自転車は、さっきと同じくらいの後方にとまっている。まるであざけるように。

「下がりやがったんだ。俺の車と同じスピードで……」

いいようのない驚愕《きようがく》と失望が、彼の顔から血の気を退《ひ》かせた。急激にフル・スピードでバックするポルシェのスピードにあわせてバック（？）できる自転車、そしてその乗り手などがこの世に存在するわけがない。もう一度試してみるまでもない。彼には、後ろの自転車が何をしようとしているのか、はっきりとわかったのだ。

ゆっくりと、ごくゆっくりとポルシェをスタートさせる。子供の三輪車ほどのスピードでだ。バック・ミラーに目をやる。

「ついてきてやがる……」

自転車のライトは、彼のポルシェと同じぐらいのスピードで、亀のようにソロソロと後を追ってくるのだった。全く同じ間隔をおいて！

ゆっくりと、ほんとうにゆっくりと彼はスピードをあげ始める。子供の三輪車から、ジョギングしているハゲオヤジぐらいに、そしてマラソン選手から、一〇〇m短距離の速さへと。自転車はついてくる。ライトの大きさは同じ、つまり、ピタッと同じ距離をおいてついてくるわけだ。ただ、か細げだったクリーム色のライトが、先ほどより心なしか強烈な光を放っているように見える。

「ホウ、ホウ」

と、奇声を発すると、彼はもう一度シロップの小ビンを出し、その中の液体を全部飲み干した。楽しくなってきたのだ。シロップのコデインの作用でなく、アルコールの作用でなく、ふところの札束《さつたば》のせいでなく、電話をいれればいつでもすっとんでくる女たちのせいでなく、放蕩のせいでなく、反逆のせいでなく、罪のせいでなく、善のせいでなく、おそらく生まれて初めて味わう、心の奥深いところを打ち破って湧《わ》きあがってくる原質の「楽しさ」と、彼は今、向かい合っているのだった。

「ついてこれるもんならきてみやがれ、この幽霊野郎！」

叫びながら、彼はアクセルを踏み込んだ。

メーターが徐々にあがっていく。五〇㎞から六〇へ、六〇から七〇へ……。八〇㎞になったところで、さっき轟音を発して彼を追い抜いていったトラックを追い越した。窓をしめた。吹き込む風が彼の息を苦しくさせたのだ。

バック・ミラーを見る。彼は瞠目《どうもく》した。自転車はついてきている。そして、ライトは先ほどと比べものにならない、強烈な光を放っている。夜空を切り裂く、燈台のライトのように……。しかも、自転車とその乗り手の全体が不可思議な光芒《こうぼう》に包まれているのである。電熱が発色する、あの生あたたかい光とは異質の光。熱のない透明な光。海の中で遠くを動いてゆく見知らぬ発光生物の放つ、冷たい青い光。そんな光の群れが、自転車と乗り手の周囲をヒンヤリと青く包んでいるのである。

「光り出しやがった。こいつ……。これならどうだ！」

彼はもはや信号を無視しはじめていた。赤信号に突っ込む彼の車は、数え切れないトラックの急ブレーキと、荒くれ男たちの罵声《ばせい》を後にしながら、奇妙に輝くホタルのような一つの自転車の残像を尻にひっつけて、43号線をバク進して行くのだった。

一五〇㎞。一五〇㎞だった。何かチリチリと可愛すぎる自警装置が車内に鳴り続けている。

「高速にのるんだ。そうすりゃ、二三〇㎞まではいく。あとは試したことがない」

彼は徐々にスピードをゆるめると、高速の入口に入った。後ろを見る。いない。あたりまえだ。自転車が高速道路に入れるわけがない。「普通の自転車」が……。

インターから本道に入る。加速する。加速する。加速する。風景は時間と一緒に逆さ流れのハレー彗星《すいせい》となって後ろへすっとんでいく。彼はアクセルを踏む。踏めばスピードが出るというものではない。坂を、曲り角を、惰力《だりよく》を、加速度を、利用して最高の速度を生むテクニックを彼の足は熟知している。何度も死線をかいくぐった足。アクセル・ペダルを通じて、その日の車の調子まで察知する足。それがいま、全ての能力をふりしぼってポルシェの疾走欲をかきたてている。

「二〇〇㎞だ」

彼は呟いた。水銀灯がコマおとしのフィルムのように窓の外をぶっとんでいく。

「さて……」

振り向いた彼の顔面は、一瞬、何ものともつかぬ歓びにあふれていた。

自転車は、やってきていた。光り輝いて。

光の剣の束のように輝いて。真紅に、オレンジに、空の蒼《あお》の色に、金に、白金に、コバルトブルーに、花弁のもつ色の全ての清澄《せいちよう》さに輝いて、それは、いわば光がその光自体の速度をわざとゆるめて、この世でほんの道くさに演じてみせる花火のショーのような、美しさと無意味さで、そいつは輝いていた。

「くそったれぇ！」

と、叫ぶと、彼はアクセルをいっぱいにまで踏み込んだ。メーターは二三〇㎞を示した。車はすでに移動の目的をもった装置ではなく、ただただすっとんでいくだけの砲弾の黒い影でしかなかった。

その時、後方で、全ての色彩が炸裂した。ビュウウンという、ものすごい音がして、色彩の、光芒のかたまりが彼のポルシェの横を抜き去っていった。そしてそれは中央からフェンシングの刃先のように、真紅や、青や、緑や、オレンジ色の閃光《せんこう》をひらめかせながら、やがて一つの光の球となり、そのままビュイッという音だけを残して路上から消えたのだった。彼の視線の遠い先で。その中に彼は見とめた。猛烈に回転しながら輝きを産み出している、亡霊の脚の激しい動きを。

話を聞き終えた、俺と内山はヤンヤヤンヤのカッサイを鈴森に送った。

「よく、できてるよ」

「さいこうだよ」

「キレイに、できた」

「怒るなよ。ウソだなんて、誰も言ってない。認めるよ、君が見たものを。でも俺らは知ってるんだ。君がいっつも飲んでたコデインのシロップのこともね。あいつがそんな幻覚まで見せるようなしろもんなのか、何だか俺らにはわからない。とにかく、鈴森、お前は見たんだよ。その亡霊をな」

帰り仕度を整えてドアを開き、半身をこちらに向けながら鈴森は俺と内山にこう言った。

「とにかくね、君たちはチャンスを失ったんだ。永久にね。言っとくけど、『閃光質の亡霊ほど美しいものっていうのは、この世にないんだよ』」

カツン、とドアがしまった。

結婚しようよ

中津川駅前を出たバスは一路椛《はな》の湖《こ》を目指して進んでいた。車内は第三回フォーク・ジャンボリーに参加するフーテンやヒッピーで一杯だった。

フーテンとヒッピーはどこがどう違うのかおれにはさだかでなかったが、ヒッピーには思想があり、フーテンにはない。この違いがあるような気がした。

おれとポコはどちらかというとフーテンにカテゴライズされるように思われた。

しかしこのバスの中を見るにフーテンもヒッピーも同じ格好をしていた。Tシャツにベルボトムのジーンズ。そして背中の半ばまで伸びた髪の毛。

「制服だ」

とおれは思った。

そういうおれもほぼ腰まである長髪で、きっちりベルボトムのジーンズをはいていた。

おれとポコはこのラッシュアワーのようなバスの中、うまく座ることができた。しかし椛の湖までの道は木々が伸び放題の山道であった。開けっぱなしの窓から、木の枝が鞭《むち》打《う》つようにしなって入り込んでくる。

おれは途中でポコと席を替わった。とたんに木の枝の攻撃がおれを襲った。枝々はおれの頬《ほお》を打ち、首を打ち、肩を打った。窓を閉めれば良いのだが、そんなことをすればこの季節、六十人のフーテンとヒッピーの蒸し焼きができてしまう。

おれはポコにささやいた。

「ここで植木屋をやったら儲《もう》かるな」

ポコはおれの肩に額を預けて言った。

「ばかね」

おれはその口調を真似《まね》て言った。

「ばかね、か」

「何よそれ」

「何よそれ、か」

「ちょっとやめなさいよ」

「ちょっとやめなさいよ、か」

「怒るわよ、もう」

「怒るわよ、もう、か」

「怒るわよ、本当にもう」

「怒るわよ、本当にもう、か」

するとポコは完璧《かんぺき》におれのくぐもり声を真似て言った。

「怒るわよ、本当にもう、か、か」

「しまった。返された」

おれは唸《うな》って敗北を認めた。なかなかやるのだ、この染め物屋の娘は。たくさん笑ったとき、少し照れたとき、彼女の頰は淡く染め上げたようなピンク色になる。おれはそれを見るのが好きで、極力ポコを笑わせるように努めている。我々二人は知人達から、

「お前らは漫才見てるみたいや」

と、言われる。

笑っているときも、そうでないときも、ポコはしなっとしたいい女だ。歳は二十三。おれと同い歳だ。天王寺の野外音楽堂のロック・コンサートで知り合った。

ポコは一升壜《いっしょうびん》入りの赤ワインを一人でラッパ飲みしていた。そこへおれが卵をねらう蛇のように忍び寄って行ったのである。

「それ飲まして」

「うん。いいよ」

それがおれたちの初めての会話だった。

おれたちは愚にもつかないことを語り合った。ワインが入っているせいもあってポコはコロコロとよく笑った。

「このままいくと体育の単位が危ない」

「体育はねえ」

「おれは体育が嫌いだ。全員同じグリーンのジャージを着て、ヒンズースクワットだ。フーテンに体育は似合わない。体育に自由はない。ファック・オフ・体育」

「大学に自由があるなんて考える方が馬鹿ね」

ポコはポシェットから「朝日」を取り出すと、ジッポでガチャッと火をつけた。

「変わったもの吸《す》ってるな」

ポコは朝日の中空になった吸い口を嚙《か》みつぶすと、おれに答えた。

「変わった煙草《タバコ》、変わった飲み物、変わった服装、変わった髪型、変わった物の考え方、つまり変な女。誰でも言うことは一緒だわ」

おれは言った。

「そんなことはない。君はとても自由に見える」

陽はさらさらと浜辺の砂のようにおれたちに降り注ぎ、おれたちを白く染め上げていた。そんな中でポコは何者からも縛られない、とても自由な女のようにおれには思えた。

「自由？　あたしが」

ポコは驚いたように言った。

「あたしはね、四条《しじょう》烏丸《からすま》の染め物屋の一人娘なの。一人娘っていうことは、お婿さんをとって家を継がないといけないの。お婿さんといっても商社マンとかそんなんじゃだめで、腕のいい染め物職人でないといけないのよ。でも京都中にそんな人はめったに余っていないから、一番いい方法は自分の店の職人とあたしを結婚させることよ。だから私はちっとも自由なんかじゃない。不自由そのものよ。だから目下逃走中ってとこよ」

ステージではブルース・クリエイションが熱のこもった演奏を展開中だった。

その日からおれとポコは付き合うことになる。


バスが椛の湖に着いた。

ヒッピーやフーテンたちがぞろぞろと降りて行く。まるで髪の毛の品評会だ。

客席は盆地を利用して作ってあり、すでにその八割がたは人でうまっている。今年の動員数は二万五千人だという。我々の後からまだまだ人が来るのだろう。

盆地の一番底の部分にステージが組まれていた。巨大なステージだった。その上では五、六人のメンバーのバンドがカントリーを演奏していた。

「あのバンドは何だろう」

おれが首をかしげるとポコが、

「六文銭よ。小室等の」

おれが驚いて、

「渋いとこ知ってるな、君は」

と言うとポコは、

「へへぇ」

といいとこで二塁打を打ったみたいな顔をして笑った。

盆地の最上部にはびしっと貝殻虫のようにテントが並んでいた。

前進する人、後退する人、立ち止まる人、踊っている人、子供を肩車して笑っている人。人、人、人。

その中にひときわ目立つ男がいた。左寄りのヒッピーばかりのこの群集の中で、男は馬鹿デカイ「日の丸」をマント代わりにして羽織っていた。盆地の底から吹き上げられた風にあおられてその日の丸は、バタバタとはためいていた。

おれは手をかざしてその男をじっと見ていたが、やがて言った。

「イナバだ」

おれはイナバを目指して、

「お〜い。そこのクソ右翼」

と一声かけて、彼の方へ歩いて行った。

イナバはおれに気づくと満面に笑みを作って手を振った。

「は〜い。遅かったじゃない。ミッキー・カーチスを見逃したよ」

「見たかないよ、そんなもの。ロックの山師だ。紹介しよう。ポコだ」

ポコは膝《ひざ》を折って上品に挨拶《あいさつ》した。

「やあ、イナバです」

イナバはおれの方を見ると、

「テントを見てくれ」

おれたちはイナバの案内に従って、会場の上の方へと歩きだした。

「大阪からその格好で来たのか」

「会場でうまく出会えるように考えたのさ。目立つだろ、この日の丸は」

「ああ。目立ち過ぎだ」

やがて我々のテントに着いた。三角錐《さんかくすい》のかわいらしいテントだった。

「三人入れるかな」

おれはポコの手を引いてテントの中へ入ってみた。何とか三人入りそうだ。

おれはテントから首を出すと、イナバに向かって言った。

「上等上等。何とか三人はいれ――」

「あー君、そのポールに力を入れちゃ」

イナバが悲痛な声で言った。

その途端、おれがささえにしていたポールは、ガクンと中折れ状態になり、それにつれて全てのポールが、カク、カク、カクと中倒れになり、おれとポコの上にテントがバサバサと降って来た。

おれは倒壊したテントからもぞもぞと這《は》い出しながら、

「全く。どんな建て方したんだ。説明書持って来い」

それからの一時間はテントをガッチリ建て直すことについやされた。

やっと建て直したテントの中で、おれたちは体育座りになった。

「イナバ、情報をくれ」

「まず悲しい事実から。溺死者《できししゃ》がでた。昨日の夕方、椛の湖で泳いでいた男性が一人溺死した。椛の湖では泳がないこと。情報その二、一番近いトイレは、テントを出て左へ折れて最初の道を右へ行ったとこ。トイレはたくさんあります。そんなに混んでいない。本日の出演者情報。本日の主なプレイヤーは岡林信康、遠藤賢司、上條恒彦、斉藤哲夫、北山修、かまやつひろし、吉田拓郎、山本コウタロー、小室等と六文銭、南こうせつとかぐや姫、ミッキー・カーチス、浅川マキ、カルメン・マキ、日野皓正《ひのてるまさ》」

「おいイナバ、さっきから上の方でバンドの音がするんだが、何だろう」

「それはサブ・ステージの音です」

「サブ・ステージ？」

「上の方にサブ・ステージがあって、ロック系のバンドが出ています。さっきのぞいたときは乱魔堂がやっていましたが、今はどこがやっているんだろう」

メイン・ステージでは南こうせつとかぐや姫のプレイが始まっていたが、おれは余り食欲が湧《わ》かなかった。

「面白そうじゃないか。サブ・ステージに行ってみよう」

腰を動かしかけたイナバを制して、

「イナバはここで留守番。岡林が始まるようだったら呼びに来てくれ」

上へ向かってしばらく歩くとサブ・ステージがあった。岩作りの小ぶりなステージだった。その上に四人メンバーがいて、セッティングをしていた。そのメンバーの顔ぶれを見て、おれとポコの体が硬直した。

細野晴臣がいた。大瀧詠一がいた。鈴木茂がいた。松本隆がいた。

「はっぴいえんど」が今将《まさ》に目の前で演奏を始めるところだった。鈴木のギターが天空を貫いた。大瀧のリズムギターが空間を切り裂いた。細野のベースが大地を震動させた。松本のドラムスがリズムの粒を投げ付けた。

はっぴいえんどが始まった。

雨あがりの街に
風がふいに立《おこ》る
流れる人波を

ぼくはみている
ぼくはみている

演奏は約四十分続いた。おれはポコを後ろから抱きしめて、ただ呆然《ぼうぜん》として見入っていた。とても洗練された演奏だった。

メイン・ステージを見ているよりも、こちらの方が何十倍も価値があったろう。

はっぴいえんどが楽屋に戻り、次のバンドが出て来た頃、おれとポコは初めて我に返った。

「よかったね」

ポコがおれを振り返って甘えながら言った。

「うん」

テントに帰るとイナバが奇妙な顔をしていた。

「どうしたんだよ」

「ええ、それがね。妙なものが出て来たんですよ」

「妙なもの？」

おれはメイン・ステージの方に目をやった。そこにはイガグリ頭の若い男が、たった一人でフォーク・ギターをかき鳴らして熱唱していた。

夕日を見るとさみしくなるから
星を見ると悲しくなるから
小便《しょんべん》だらけの湖に
あなたと二人でとびこんで
……………………
そして走ろう地獄の果てまで
この次生まれりゃ神様だ

おれは後ろへぶっ飛んだ。そしてイナバに言った。

「何なんだ、これは」

「だから良く解《わか》らないんですよ」

一曲終わったところで、

「何者だ」

と言う誰何《すいか》が客席からあった。

男は歌とは百八十度転んだ静かな声で、

「三上寛です」

と答えた。するとまた客席から、

「みかん？」

男は笑って、

「みかんじゃない。ミ・カ・ミ・カ・ンです」

と言うと、ギターを持ちなおして『夢は夜ひらく』を歌い始めた。

　サルトル、マルクス並べても
　あしたの天気はわからねえ

と歌うこの歌も毒と絶望感に満ちあふれたものであった。このステージが青森出身で警察学校中退の三上寛の、事実上のデビューであった。

そのステージを見終えたおれはイナバに言った。

「うーん。何だかえらいものを見てしまったなあ、おれたち」

「そうですね。油断ができませんね。どこから何が出てくるか解りませんものね」

その後、何バンドかあって、我々は岡林を見たのだが何だか屁《へ》みたいに感じられた。

イナバはコッヘルでチキンラーメンを作っていた。ポコがそれを手伝っている。

「おい。何で一個しか作らないんだよ」

イナバは気の抜けた顔を向けて、

「へ」

と答えた。

「ラーメンだよラーメン。何で三つ一緒に作らないんだ？」

「だって、一つしかない。持ってきてない」

おれはむらむらと腹が立ってきた。腹が立つと同時に情けなくもあった。

「お前、どうせ三人分ないのならなぁ、いっそ持って来ない方がよかったんじゃないか。え、それが友情というもんなんじゃないか」

ついつい大声が出てしまった。

ポコがケラケラ笑って言った。

「大の大人が三人で中津川で、夜の夜中にチキンラーメン一個のことで、本気になってもめてどうするのよ。三人で分けりゃいいじゃないの」

イナバがむっとふくれた顔をして言った。

「よしんば、三人で分けるとしても汁を飲む権利は僕にある」

「何を」

つかみ合いになりそうになったところを、ポコが間に割って入った。そして二分後、我々はのんびりと「回しラーメン」をしていた。バックにはフォークの神様の『私たちの望むものは』が流れていた。

おれは懐中電灯をマイクに見立ててしゃべった。

「え～我々、まずはっぴいえんどを目《ま》の当たりに見て、その後三上寛の衝撃的なデビューに立ち合い、そしていよいよ岡林を見るとそれがチキンラーメンに負けるほど、大したことないという意外な展開を迎えてしまった訳ですが、さぁこの後どうなるでしょうか、イナバさん」

「そうですねぇ、これで我々唯一といっていいトリックスターを失ってしまった訳ですから、この打撃は大きい。今後の展開にも大きな痛手を与えるでしょう。何せ起承転結の結が崩れてしまった訳ですから」

「そのへんポコさんはどう見てらっしゃいますか？」

「私は事態はそれ程悲観的ではないと考えています」

「ほう、それはどういう」

「岡林の線が崩れても私達にはそれを補って余りあるスーパースターが残っていると思うのです」

イナバが深く頷《うなず》いた。

「そうだなぁ。もう奴《やつ》を中心に作戦を組み立てていくしかないな。盛り上げ作戦をな」

「ではポコさん、その最後の大目玉とは誰でしょう」

「かまやつひろしです」

一同がどどっと崩折《くずお》れた。おれは眼鏡《めがね》をずり上げながら体を起こし、

「かまやつさんですか。しかし、この二万五千人の観客を受け止めるには、少々お歳を召しておられるんではないですか。それにこの盆地の底から吹き上げる風、ズラが飛ぶんではないかという恐れも考えられますが」

「そうね。やっぱりもっと若くて精力的なミュージシャンでないと。ここは一番タクローに任せるしかないわね」

イナバが顎《あご》をなでながら、

「そうだなぁ。吉田拓郎しかないかもしれんな」

「後半戦、目が離せなくなって参りましたフォーク・ジャンボリー。中津川からお届けしました」


おれたちは草地に横になると煙草を吸った。ポコは相変わらず朝日だった。

おれはハイライトの青い煙を空に向かって吐き出した。中津川の夜空は満天の星空であった。星々はこぼれ落ちてくるのではないかと思われた。

おれはポコに腕枕をしてもらいながら呟《つぶや》いた。

「しかし何やってんだろうなぁ、こんなとこで。予定調和の音楽を聞くことが、ひとつの〝体験〟であるようなことは、おそらく今夜はもうないだろう。中津川での体験は三上寛でストップだ」

それからおれは腕枕のまま少し眠った。山本コウタローの『岬めぐり』が流れていた。十分かそこいら眠っていただろうか。客席の方からうぉ〜っというどよめきが聞こえてきた。舞台を見るとバック・バンドを率いた一人の青年が舞台中央に座っていた。『旅の宿』が始まった。観客たちは叫びながら舞台の方へ押しかけた。裸になる奴も出始めた。

『マークⅡ』が、『結婚しようよ』が、そして知らない様々な曲が演奏された。

観客のテンションは曲数を増すごとに上がっていき、肩車をして絶叫する若者が数を増した。そして最後に『人間なんて』が始まった。

人間なんて
ラララララララ

このフレーズが延々と際限なくくり返されると、客席のボルテージは最高潮に達した。抱き合って泣いている者もいた。

人間なんて
ラララララララ

この歌は終わらないかのようだった。二万五千人のコーラスが、中津川の渓谷に響き渡った。感動的な光景だった。だが、

「ちょっと待てよ」

とおれは思った。この熱狂の渦から身を引いて眺めれば、これこそ予定調和の感動、あらかじめ仕組まれた感動、レディーメードの感動なのではないか。吉田拓郎に向かって開かれている二万五千の口は、疑いを知らない、自分を「乗らす」ことしか考えていない口である。あらかじめ受け入れることを前提とした二万五千の口が開くとき、そこに奇跡は起こるだろう。しかしそんなものが本物の奇跡と呼べるだろうか。そんなものはアドレナリンの詰まったゴミ箱ではないのか。二万五千の観客は限りなく「兵隊」に近いのではないか。彼らは吉田拓郎が命令すれば列をなして椛ノ湖へ突進して行くのではないか。それはある意味では「サラリーマン」の構造に酷似しているとも言える。彼らのベルボトムのジーンズと長髪は、サラリーマンのネクタイとスーツと何ら変わることがない。

おれはポコの肩を抱きしめて言った。

「本当のものは何処《どこ》にあるんだ」

ポコは笑って答えた。

「真実はあなたの腕の中」

おれはより強くポコを抱きしめた。


吉田拓郎のステージの後には、その熱狂を醒《さ》ますかのように地味なバンドばかりが続いた。

ジャズの安田南が歌っているときステージに異変が起こった。ヘルメットとマスクをした十数人の人間がステージを占拠したのだ。

おれは最初工事の人間が上がって来たのかと思ったが、どうやらそうではないらしかった。その証拠に連中は手にゲバ棒を握っていたからだ。安田南は何事か叫んでいたが、そのマイクも奪われた。ステージはたちまちのうちに集会所と化した。

「おいおい、何か妙なことになって来たぞ」

「あれはいわゆる赤ですな」

とイナバが言った。

「で、連中は何を言ってるんだ」

「神聖なフォーク・ソングが商業主義、資本主義の走狗《そうく》と化してしまっていることへのアンチテーゼを述べているようであります」

「そんなハナから解っていることを今さら言われてもな」

ポコが言った。

「アジるならロックにしてアジってくれたらいいのにね」

我々はいつ演奏が再開されるのかとステージを見ていたが、一向にその気配はなかった。

「おれと兄貴、我々は一年間ソーメンだけを食べて生きてきた」

マイクに向かって絶叫している若者がいた。おれは頭をポリポリ掻《か》いて呟いた。

「そんなこと、おれに言われてもなぁ」

客席からポツリポツリとヤジが飛んでいた。

「打倒、反帝・反スタ」

「タクローを出せ」

そうはいかないだろう。タクローは今頃宿に帰って一風呂浴びて、
浴衣《ゆかた》のきみは　尾花《すすき》の簪《かんざし》
熱燗徳利《あつかんとつくり》の首つまんで

もういっぱいいかがなんて
みょうに
色っぽいね

なんてことをやっているに違いないからだ。

このゲバ棒たちの言い分を聞いたら、タクローはキョトンとするに違いない。

この後まだ遠藤賢司の出番があるはずだった。しかししんねりとした疲労感が我々を襲い始めていた。時々舟を漕《こ》いでしまうほどの眠気も出始めていた。

「どうしよう。寝ようか」

「そうしますか」

「いや、イナバはテントの外に出て、この集会の成りゆきを見ていてくれ。そして何か変化があったら報告してくれ」

「ぼくはそんな役ばっかりですか」

おれとポコはテントの中に入った。おれはポコのTシャツを脱がせた。

ノーブラだった。

ツンとした乳首がおれを待っていた。

結局、集会は朝まで続いた。集会後演奏できたミュージシャンは一人もいなかった。昼過ぎに目を覚ますとおれとポコとイナバは帰り仕度にかかった。イナバは朝まで集会に付き合っていたので、目が真っ赤だった。

おれたちは丸めたテントにやたらに蹴《け》りを入れて、何とかより小さくしようと努力した。イナバの日の丸は一昼夜の間にどろどろになっていた。イナバは少し悲しそうだった。仕方がない。パーティーは終わったのだ。

二時くらいの中津川行きのバスに乗った。来るときと変わりのないラッシュ情況だった。おれたち三人は立ちん坊で、ふらふらしているイナバは何度も後ろに倒れかけては、フーテンやヒッピーの一群に押し返された。おれはポコの手をとって何とか立っていたが、後ろのヒッピーの持っているギターのハード・ケースがごつごつと足に当たってやけに痛かった。バスは全体に敗軍の将兵を詰め込んで走っているといった印象だった。

おれはポコの顎に手を添えて言った。

「ポコ、おれな、卒業したら働くよ。もうフーテンはおさらばだ」

「えっ、本当」

と、ポコが言った。

おれは後ろのハード・ケースのギターの兄ちゃんに言った。

「兄ちゃん、二分間ギター貸してよ」

おれは狭い車中でかなりの苦労をしてギターを取り出すと、それを顎の下の辺で抱えた。そして大声で歌った。

僕の髪が七・三になって
君より短くなったら
結婚しようよ
神社仏閣で
結婚しようよ
んーんん

そしたらポコがおれにしがみ付いてきた。

「うれしいどすえ」

と、ポコが言った。

すると驚いたことに車内中から拍手が湧き起こった。その拍手を乗せたまま、バスは中津川駅に着こうとしていた。

ポケットの中のコイン

ぼくらが　イリュージョンを見るのではない。
イリュージョンが　ぼくらを見ているのだ。
ぼくらが昏倒する石畳の一隅に
そいつは　いつも立っている。
とても優しい目をして……。
まるで狂った母親のように　優しい目をして。

十七歳のとき、僕は全ての少年がそうであるように、チンピラに憧れていた。「こわいもの知らず」を気取ることは、そのまま、「こわいもの」を自分がどれだけ知っているかを誇示《こじ》することでもあった。僕はやみくもに夜の街をほっつき歩き、稚拙《ちせつ》な自分の頭では開け方のわからないこの『街の夜』にナイフを突っ込んではガムシャラにこじあけようとしていた。それは横に引けば開く扉に一生懸命ぶちかましをくれている頓馬《とんま》なゴリラのようだったろう。僕の額はいつも血まみれになった。それでも、この扉の向こうに何があるのかを知りたかったのだ。僕は喚《うめ》き、空手を習い、女を懐柔し、土方《どかた》で金を貯め、キース・リチャードのピッキングをマスターし、ウィスキーをガブ飲みし、錠剤をかじり、仲間を集め、まるで騎馬戦の主将みたいに破れかぶれで、この岩のような夜に向かって突進していった。扉はそれでも開かず、おまけに僕はコンタクトを落としてしまった。

「もし、ロボットというものが、自我を持ったとしたらどうなるのでしょうか。また、ロボットに自我を持たせるということは可能なんでしょうか。そのへんを……」

「よくSFでそういうテーマというのが出るようですね。『ブレードランナー』とかね。(笑)ただ、我々ロボット工学をやっているものというのは、人間の手なら手というものをとってみますと、なぜ指が五本あるのか、どうして腕は二本あるのか、関節はなぜこういう仕組になっているのか、という風に考えていって、なおかつロボットにとって一番合理的な形態とは何かというのを考案していくわけです。その考え方でいって、脳の仕組というのをとらえていきますと、自我ということに関しても一つの結論が出るわけですね」

「ほう。どういう結論ですか？」

「自我というのは結局『妄想《もうそう》』だということです（笑）」

そうやって、僕は毎夜、呆然《ぼうぜん》として街角に立ちつくしていた。阿呆の王のように。ショーウィンドウに映る顔は愚かで暗く、右手は左手の、左手は右手の罪を贖《あがな》おうとして、絶えずおこりのように互いの上に重ねられていった。ショーウィンドウをぶち割る石も力もなく、それでも街は厳然《げんぜん》として「世界」そのもので、しかもそいつはひどく腐《くさ》ってたいへんな臭いを撒《ま》き散《ち》らしていた。そして僕は、この世界を腐らした元凶《げんきょう》が自分であることを知っていた。『大人のせい』なんかではなく、『大人になりつつある自分』が、清澄《せいちょう》に弱々しく香りたっていた世界に病いをもたらしたのだった。実際、元凶は僕だった。僕の汚れた手が触れるところは全て、コマおとしのフィルムの素速さで膿《う》み崩《くず》れていった。

ある夜、僕は好きだった女の子と初めてセックスをした。五分後、乱れたシーツの上で彼女はハマーフィルムの吸血鬼のように朽《く》ちて崩れて砂になってしまった。

僕は、その晩、また街角に立って、この世界と共に滅びてしまおうと考えていた。僕がいなくなればこの腐った街も消滅するだろうと思った。しかし、それすらももうどうでもいいことだった。痛いこととか、みっともないこととかというのも苦手だった。どっちにしようか、コインで占うことにした。夜の空に向かって放り投げたコインは空中でキラリと銀色の閃光を放った後、手のひらに落ち返ってきた。裏だった。

あれから十六年たって、今、これを書いている。その時のコインは、今でもポケットのどこかにある筈《はず》だ。ある筈だけれども今夜街に出て使ってしまうかも知れない。電話を遠い誰かにかけるか、あるいは何か小さなものを買うか、そんなことで使ってしまうかも知れない。どうでもいいことだ。巡《めぐ》り巡って、どこか夜の街角に立ちつくしている少年のポケットに納まるだろう。そんな気がする。

ORANGE'S FACE

男たちは彼女のことを「オレンジ」と仇名していた。それは彼女が薬物の濫用《らんよう》からくる内臓障害のために、いつも黄色い顔をしていたせいである。男たちがささやきあっている自分の仇名を小耳にはさんだ彼女も、いつのまにか自分をオレンジと呼ぶようになり、そのうち、その愛らし過ぎる呼び方にテレて、〈オレ〉と縮めてしまったのだった。〈オレ〉は可愛い顔立ちをした地方出の小娘で、ご多分に洩《も》れず、都会に出てきてほんとうにしたいことなど何もなかった。退屈でさえなければ何にでも飛びつく〈オレ〉は、男たちにとってはまさに果汁で膨《ふく》らんだオレンジだった。だから〈オレ〉が彼に出逢《であ》ったころには、このオレンジはもう青くはなかったけれど、そのぶんほんのりとした甘みを増していたはずだ。

男は終日、採石場《さいせきじょう》の監視塔に座っていた。発破《はっぱ》の安全確認やベルトコンベアの異状をチェックするのが男の仕事だった。しかし男が実際に目で追っていたのは、空を行く雲の流れだけだった。男が注視していようがいまいが、採石現場での厄災《やくさい》は際限もなく起こるのだった。

ある雲のたれこめた日に、男はその職場をやめた。やめることについて、自分でも驚くほど、何の理由もみあたらなかった。

「俺はもう二度と働かない」

と男は考えていた。

〈オレ〉は二階の部屋の窓から外の風景を眺《なが》めていた。男が通りかかって、ふいとその暗い顔を上げた。男の目と〈オレ〉の視線が出くわす。途端《とたん》に彼らの「時間」は、いつもの軌道をそれて永劫の彼方へと突っ込んで行ってしまう。瞬間が永遠を身籠《みごも》る。時間はその名前を失う。彼らの視線の結ぼれの中で、「詩」だけが色彩のない輝きを結晶させ始める。

恋愛は路上で拾うものではない。それは、空から墜《お》ちてくるたまさかの美しい隕石《いんせき》である。それは一瞬に生まれ、一瞬に終わるのだが、この一瞬は時間の流れの方向とは垂直に、永遠へと広がるキラキラした切断面を持っている。「詩」は今ではもはやその中にしか存在しない。

男の唇がゆっくりと開いて何かを呟《つぶや》いた。〈オレ〉はとびあがると、階段を駆けおりていく。聞きとれなかった男の言葉を確認するために、駆けおりていく。至上の瞬間から日常へと、天界から地上へと、詩から散文へと、息をきらせて駆けおりていく。

〈オレ〉と男はそれからの二年間ほどを一緒に暮した。男は〈オレ〉にはたいへん優しく、優しいぶんだけならず者だった。男の飲むウィスキーと注射のために、〈オレ〉は随分《ずいぶん》と働かなければならなかった。〈オレ〉は夕暮がくると通りに出て行き、その花車《きゃしゃ》な手で街の夜をこじあけると、そこから何がしかの金を掴《つか》み取ってくるのだった。
　そして、生活は空気のように体に染み込んでいき、もはや二人でいることは一人でいることと同じだった。ただ、ときたま飛んでくる男のこぶしが〈オレ〉に愛のことを思い出させるのだった。そんな頃に男はひどくあっけなく死んだ。

　男は横断歩道を歩いていた。幼稚園児の集団が少し先を歩いていた。車が突っ込んできた。男はまるで黒い血の袋のようになって路上に転がっていた。何が起こったのかわからないままに、子供たちはそれを眺めた。子供たちの顔は笑っていた。

　それから、〈オレ〉の生活に夢が攻め込んでくるようになった。歩きながら、食事をしながら、新聞を読みながら、風呂に入りながら、〈オレ〉は短い無数の夢に間断《かんだん》なく襲われるのだった。それは不透明でなま暖い、全く意味のない夢だった。溶けかかった無数の小さな顔であったり、動くもの一つない沼の風景であったり、そういった夢々を見ながら〈オレ〉は老いていった。その光景は陽だまりの中で静かに腐っていく果実を思わせた。

これでこの話は終わりである。詳細《デテイル》はあえて書かない。ただ、筆者はこれを悲痛な話だとは思わない。なぜなら、愛の至福《しふく》の中にいる〈オレ〉を、朽ち果てていく日常の中にいる〈オレ〉は知らないからだ。彼女らはお互いの顔を知らない。「関係」のないところに悲劇はあり得ない。そんな意味でいえば、「伝記」というものはこの世に存在し得ないのかも知れない。

ねたのよい

——山口冨士夫さまへ——

犬がおれを睨《にら》みつけていた。

低い唸《うな》り声をたてて、前身を少しかがめ、飛びかかる姿勢を取っている。口は半ば開いていて、鋭い牙《きば》が二本のぞいていた。おれも立ったままその犬を睨んだ。〝こいつは狂犬だろうか〟とおれは考えた。しかしどうもそうではないようだった。狂犬なら涎《よだれ》をだらだら垂れ流しているはずだ。こいつにその気配はない。しかしおれに嚙《か》みつく気でいる。こいつはまずおれの足に嚙みつくだろう。その前に顎《あご》を蹴《け》りとばしてやればいい。しかし上手《うま》く命中するだろうか。高校時代、体育の授業で毎週サッカーをやらされたが、大の苦手だった。反射神経が鈍い。しかし脚力はかなりある。電車賃がないので、毎日四駅分くらいの距離を歩き続けるのが日課だったからだ。仮にキックが当たったとして、その後どうする。おれは冬物のコートのポケットにそっと手を入れた。まずへしゃげたハイライトの箱が指先に当たった。次にマッチ。さっきコーヒーを飲んだ「カルコ」のマッチだ。一番底にハサミを探り当てた。小型だが先の鋭く尖《とが》った奴《やつ》だ。目は犬に注ぎながら、静かにそれを取り出す。底冷えのする京都で、しかも十一月だというのに、髪の生え際から薄く汗が浸《し》み出てきた。

賀茂川の川辺を独りで歩いていた。凍《い》てつくような寒さのせいで、人は一人もいなかった。出会ったのはこの野良犬一匹だけだ。別にちょっかいを出した訳ではない。おれは犬が嫌いだ。媚《こ》びるからだ。おまけに道中に小便を垂れる。マーキングだか何だか知らないが、臭くてかなわない。鎖で繋《つな》がれてじっとしている。脱出する意欲のカケラもない。しかも他者を認めると吠《ほ》える。うるさい。だから嫌いだ。犬のように生きたいと考えたことは一度もない。その点、猫は素敵だ。心臓の構造が不完全なので、いつも眠っている。猫の夢を見ている。目醒《めざ》めて人の顔を見ると必ず大アクビをする。人をバカにしている。猫は自分のやり口でしか行動しない。それは高貴なことだ。ただまあ犬にせよ猫にせよ、人間よりは余程ましだ。おれが一番憎むのは人間だ。犬・猫は愚かではないが人間は愚かだ。その中でもことにおれは愚かだ。ただ、己れが愚かであることを知悉《ちしつ》しているのは、それに気づかない愚か者より多少はマシなのかもしれない。そういう訳で、河原で出会った野良犬と目を合わせてしまった。奴はそれが気に喰《く》わなかったのだ。敵意をむき出しにしてきた。

犬が突然襲ってきた。おれは作戦に従って犬の顎目がけて右脚を蹴り上げた。狙《ねら》いは見事に外れ、ブーツの先は犬の頭の二㎝横を空蹴りした。犬は一本足で立っているおれの脛《すね》の下の方に噛みついた。牙がおれのベルボトム・ジーンズを突き破り、脛の肉に喰い込んだ。おれはあわてて右脚で犬の背中をどやしつけたが効き目はなかった。犬はおれにしっかり嚙みついたまま狂ったように頭を左右に振った。その度に激痛が脳天まで走った。おれは右手のハサミを六十度ほどに開き、犬の目を狙って突き出した。二つの鋭い刃先は今度は命中し、犬の両の眼球に深々と突き刺さった。犬は「ぎゃん」と悲鳴をあげて牙を離し、くるくると二度回った後、光を失ったままでおれの横をすり抜け、逃走した。おれはしばらくその後ろ姿を眺めて呆然《ぼうぜん》と立ち尽くしていたが、やがて踵《きびす》を返し、もと来た道を戻り始めた。足はビッコをひいていた。歩く度に痛みが強まるようだった。歩きながら、どうしたものかと考えたが、結局また「カルコ」に引き返すことにした。

「カルコ」には客が二人いるだけで、静かな空気の中にかすかなジャズが流れていた。おれはコーヒーを運んできたママに、

「何か、消毒液みたいなもの、ありませんか」

と尋ねた。ママは小さな声で答えた。

「赤チンならありますよ。どうなさったの」

「犬にね、嚙まれたんですよ。少し血が出てるんや」

おれはジーンズの血に染まった部分をママに見せた。ママは黙ったままカウンターの

中へ戻り、やがて赤チンの小壜《こびん》を持って来てくれた。おれはジーンズの裾《すそ》をたくし上げ、自分の脛を見た。小さな穴がふたつあいていて、そこから細い血の流れがソックスの辺りまで伝っていた。

店内は暖かかった。赤チンを塗った。こんな物を塗るのは小学校以来だな、と思った。おれはコートを脱いで、タートル・ネックのセーター一枚になった。コートを脱いだついでにその左ポケットに手を入れ、紙の小袋を取り出した。その袋には薬局の店名が緑のインクで印刷されている。袋からノルモレストのタブレットを取り出して、テーブルの上に置いた。ちょうど四十二錠ある。タブレットの裏を押し破って、白い錠剤を六つ取り出した。口に放り込んで、がりがり嚙みつぶしてからコップの氷水で飲み込む。

尼崎《あまがさき》から京都まで出て来たのは催眠薬を買うためだ。京都には物解《ものわか》りのいい医者が多い。朝から三軒の医院を訪ねた。医者はよく解っているのだが、規定があるので二週間分の、つまり十四錠の処方しか書いてくれない。だから三軒回り、三通の処方箋《しょほうせん》を入手して、薬局で買った。ネルボン、ニブロール、オプタリドン、ソーマニール等、クスリはいろいろあるが、一番いいのはやはりノルモレストとハイミナールだ。効き具合がマイルドでガサツさがない。しかも強い。

ハイライトに火を点《つ》けて深々と煙を吸う。「カルコ」の店内はアンティークが上品に飾られていて、全体に茶色っぽい印象を受ける。チェインスモーキングを続けながらしばらく店内をぼんやり眺めた。クスリが効いてくるのを待っているのだ。少し飽きてきたので、窓の外の風景に目をやる。古い家並。時おり人が通過する。寒いので皆コートの襟を立てている。京都の人はゆっくり歩く。大阪人は日本で一番早足だそうな。

十二、三分してノルモが効いてきた。血管の中をクスリが静かに散歩している。とろりとしてまぶたが重くなってくる。六錠がおれには丁度いい。十錠飲むとロレツが回らなくなる。十五錠飲めば道で昏倒《こんとう》する。百錠飲めば死ぬ。百錠飲んでもいいが、苦労して死ぬほどの意味は人生には無い。慣性の法則で我々は前へ進み、眠り、そして明日の岸辺へと辿《たど》り着く。

『ぼくは二十歳《はたち》だった。それがひとの一生でいちばん美しい年齢だなどとだれにも言わせまい』

そんな言葉が曇り始めた頭を横切った。誰のセリフだっけ。思い出せない。……ああ、ポール・ニザンだ。今年は一九七二年で、おれはまさに二十歳のまっ只中《ただなか》だ。去年、生まれて初めてエレキギターを買った。アクリル製の透明なボディで、BOXモデルだ。毎日鳴らしているが、コードしか弾けない。アンプもスピーカーもワウ・ファズも揃《そろ》えた。毎日鳴らしているが、コードしか弾けない。クラプトンやジョニー・ウィンターのコピーをする根気はない。作曲に使うだけだ。ドラ声で声量もあるがピッチが良くない。プロにはなれないだろう。では何者に成り得るのか。答えは風に吹かれている。

店のドアを開けて、男が一人入ってきた。やせていて、髪は腰の辺りまで伸びている。顔をどうらんで真っ白に塗りつぶしている。男はママの顔をじっと見ると、能面のように無表情なまま店をついっと出ていった。ママは少し微笑を浮かべたが、無言でコーヒー・カップを洗い始めた。

十秒ほどして別の男が入ってきた。短いパンチパーマのような頭髪で、顔と首を真っ黒などうらんで塗りたくっている。この男もママの顔をじっと見て、やがてくるりと反転すると店を出ていった。

そして十秒たつと三人目の男が入ってきた。やはり胸の半ばまで長髪を垂らしたガリガリの男で、顔は真紅に覆われていた。ママの顔に瞳孔《どうこう》の開いた目を注ぐと、約五秒で出ていった。ママは男が出ていくと、またコーヒー・カップを洗い始めた。

すぐに四人目が入ってきた。今度は金色の男だ。手、顔、露出した部分は全て金色だ。金色男はママと目を合わせ、片目でウィンクすると、出ていった。

五人目も来た。パープルだった。丁寧なことには、紫色の細長い煙草《タバコ》をくわえていた。口から紫煙を一吹きして出ていった。

二人いた男女の客は、ぽかんと口を半開きにして、紅茶のカップを宙に持ったまま全てを見ていた。おれはクスリが効いて、とろんとした目でこのショウを見終わった。

ママは洗い物を続けながら、

「しようのない連中ね」

と呟《つぶや》いた。

「なに、あれ」

とおれは尋ねた。ママが答えた。

「村八分よ」

「ムラハチブ……。何やの、それ」

「ロックのバンドよ。京都では今一番人気があるのよ。でもあんまりライブやらないし、ヒマなもんだから、ああいうことして遊んでんのよ」

「どんな音楽なん」

「さぁ、ねえ。わたしは見たことないから知りません。……見たくもないわ」

「そう」

「だけどね。今日は夜にライブあるはずよ。そこら中にビラが貼《は》ってあるもの。西部講堂……いえ、違うわ。京都会館の第一ホールよ」

「ふうん。行ってみよかな」

「よしなさいよ。やたらに音が大きいんだって誰か言ってたわ。耳がつぶれちゃうわよ」

おれはクスリを尻ポケットにねじ込み、ゆっくり立ち上がるとコートを着た。金を払ってドアに向かったが、まだビッコをひいていた。足の痛みは全くやわらいでいなかった。

夜までにずいぶん時間があるので、バスに乗ってアヒムの家を訪ねることにした。三条烏丸で降りて六、七分歩く。アヒムはドイツ人の交換留学生で三十一、二歳か。小さなお寺の離れを借りて、よしこという女と一緒に住んでいる。奨学金は全部ヤクに使ってしまう。不良ヒッピーだ。大阪のカフェで知り合った。自分ではアーティストだと称しているが、アヒムが何か作品を創《つく》ったのは見たことがない。おれはアヒムをあまり好きでない。おれはフーテンだが、アヒムはヒッピーだ。フーテンとヒッピーは似て非なるものだ。ヒッピーは「思想」を持っている。ことにウッドストック以来、愛だ自由だ平和だと五月蠅《うるさ》い。おれは、思想の砦《とりで》の中でぬくぬくしている連中は嫌いだ。しかしアヒムは馬鹿でジャンキーなのでまだ付き合える余地はある。

アヒムの離れの入口は「襖《ふすま》」だ。鍵《かぎ》も何もない。不用心な奴だ。

襖を開けて中に入ると三和土《たたき》があって、その向こうの八畳間の中央でアヒムが胡座《あぐら》をかいてウォッカをラッパ飲みしていた。巨漢だ。一九二、三㎝ある。前頭部が少し淋《さび》しくなっている。身体《からだ》はやせているが、下腹部が地獄絵図の餓鬼のようにポコンと出ている。おれの顔を見るなり、メロディをつけて挨拶《あいさつ》した。

「♫Hello, I love you, won't you tell me your name?♪」ドアーズだ。ドアーも無いくせに。おれは上がり框《かまち》に腰を下ろして、ブーツを脱ぎながら言った。

「Do you want to know who I am? Really?」

アヒムは笑った。

「Oh! I know you. You are a SPY」

そしてまた歌った。

「♫In the house of love♪」

アヒムはジム・モリスンがお気に入りらしい。

よしこは電気ストーブの前で丸くなって眠っていた。

アヒムのことは嘲《わら》えない。おれも英語はロックの歌詞カードで覚えた。受験用の、文法ばかりの英語は糞《くそ》の役にも立たなかった。教師がまた糞野郎だった。もう四年も前のことだが今でもはっきりと覚えている。「キンカン」という渾名《あだな》のそのハゲの教師は黒板に白墨で大きくこう書いた。

『ONE FOR ALL. ALL FOR ONE』

「ね。解りますね。一人はみんなのために、みんなは一人のために。いい言葉ですよね」

そう言った後、何気なくひょいと呟いた。

「……みんなと違うってことは……いけませんよね」

よく「目が点になる」というが、このときおれは「耳の穴が点」になった。そして学校というものの本質を理解した。ここは「教育」を授かる場などではない。社会の即戦力と成り得るような「均質製品」を大量生産するための工場なのだ。だからその日から勉強することを一切止《や》めた。テストも受けなかった。しまいには登校すらしなくなった。ペンキ屋でシンナーを盗んできては吸い、酒屋でジンを万引きして飲み、偽造硬貨で煙草を買い、本屋でパクったボードレールやロートレアモンを暗唱できるまで読んだ。映画はマカロニ・ウェスタンとヤクザ映画とにっかつロマンポルノしか見ず、音楽はストーンズとトロッグスしか聴かなかった。日がな一日路傍に座り込み、フーテン仲間が催眠薬を恵んでくれるのを待った。髪の毛は伸びるに任せ、やがてそれはヘソの上辺りまで垂れ下がった。チンピラやヤンキーによく殴られるので、ジーンズの太腿《ふともも》の部分の裏にいつも鉄パイプを隠して歩いた。高校を退学になったのは、音楽室裏の倉庫に放置されていた弦の切れたガットギターを盗もうとしたのが発覚したからだ。ナイロン弦と張り換えるためにスティール弦のセットまでパクって準備していたのに、頓馬《とんま》なことだ。

「Is here something?」

おれはウォッカを飲んでいるアヒムに訊《き》いた。

「Something? What kind of thing, you say?」

「I’m talkin’ about drugs, you know? Something effects on me」

「You’re kiddin’ me? I’ve got no money. So I’m drinkin’」

「O.K. I’ve got it. I’ll please you, instead」

おれは尻ポケットからノルモを出すと、六錠をアヒムに呉《く》れてやった。アヒムは、

「Oh! You made great」

と言うなり錠剤を口にしてぼりぼり噛み砕きそれをウォッカで嚥下《えんげ》した。とても嬉《うれ》しそうだった。アヒムは立ち上がると、よろよろと押入れに向かい、戸を開いた。

「Thank you, boy. And …… and I’ve got a thing what I wanna show you」

「What?」

「My brand-new treasure. It’s an instrument」

「What kind of?」

「Bass guitar」

「Really?」

アヒムは押入れの上の段からベースギターを引っ張り出してきた。それはとんでもないヴィンテージだったが、余りにもヴィンテージ過ぎた。塗装は無惨に剝《は》げ落ち、至る所から木地が覗《のぞ》いていた。おまけに第一弦がなかった。見ると、ペグごと失《な》くなっているのだった。三弦ベースだ。その弦達は錆《さ》びついていて不機嫌そうだった。アヒムの言

によればこの粗大ゴミはアヒムが知人にジョイントを二本呉れてやったところ、お礼にプレゼントしてくれたのだそうな。ていのいい厄介払いだ。弾けるのか、と尋ねるとアヒムは胸を叩《たた》いて、

「Of course. I'm a genius」

と威張って弾き始めた。こりゃ天才じゃなくて天災だ、とおれは思った。とにかく出鱈目《でたらめ》にフレットを押さえている。しかも押さえたのとは違う弦を弾いている。おまけにチューニングが無茶苦茶だ。つまりアヒムは楽器の知識が限りなくゼロに近い男なのだった。おれはアヒムからベースを取り上げて、まずチューニングをした。それからアヒムを見て、

「All right. You must learn from ZERO. The way to hold her. The way to play with her. Take my lecture. Notice my finger. I guess you love THE DOORS. O.K. I'll try」

四弦の三つ目のフレットを押さえて、おれはドアーズの『ライト・マイ・ファイア』を日本語で歌い始めた。

♫おれはいないって
　きみは言うけれど

おれは影だって
きみは言うけれど
それならここへきて
おれの心臓に触れて
闇《やみ》をマッチで引き裂いて
ハートに火を点けて
come on, baby, light my fire
come on, baby, light my fire
come on, baby, light my fire♪

そして最後に絶叫した。

♫Try to set the night on

FIRE!!

よしこが驚いて飛び起きた。
「なにっ、どうしたん。お願い、ケンカせんといてっ」

おれとアヒムはそんなよしこを見て笑い転げた。よしこはキッと二人を睨んで、

「何なのよ、あんたら。びっくりしたやんか」

アヒムは右手を顔の前で振った。

「No, No. ボクタチ、ベース、シテマシタ」

「よしこ。アヒム、無茶苦茶へたなんや。アンプ買わんでよかったな」

「あんまり大声出したらあかんえ。ここのお住《じゅ》っさん。けっこう文句垂れなんやから」

おれはどろりとした目でよしこを見た。

「な、よしこ」

「なに？」

「きみ、ここの坊主におめこさしたやろ」

よしこはカッと目を見開いた。

「アホなこと言わんといて」

「京都のな、人間はみんなケチやで。こんな離れ、安う貸すのはおかしいやないか」

「お住っさんはね、ドイツ人が好きなんよ」

「そしたら、裏の墓石、みんなハーケンクロイツの形にしてしまえや」

バカなことを言い合っている間に、アヒムは炬燵《こたつ》の上のペン立てから小型のネジ回し

を抜き取って、ベースギターの裏面にあるプレート板を外しにかかっていた。

「アヒム。What you gonna do?」

「レクチャーノ、オレイ、アゲマス」

プレート板が外れると、ピック・アップの収まっている空間のわずかな隙間《すきま》から小さなビニールのパケが出てきた。白い粉が半分ほど入っている。こいつ、無い無いとか言っときながら、やっぱり持ってやがった。

「ヨシコ。セット、モッテキテ」

「うん」

よしこは立つと奥に行って、すぐに帰ってきた。手には二十㎝くらいの四角い鏡とカミソリの刃とストロー一本があった。アヒムは鏡の上にパケの粉を全部落として、カミソリで何本かの細いラインに分けようとした。しかし、手が微妙に震えている。

「あたし、やる」

とよしこが言って、作業を交代した。慣れた手付きだ。細長い粉のラインが鏡の上に美しく整えられた。アヒムがストローの先端を一番左側のラインに付け、反対の端を自分の右の鼻孔に差し込んだ。スゥッと粉を鼻孔の中に吸い上げていく。ラインはたちまちの内に短くなっていき、やがて消失した。アヒムはくんくんと鼻で息を吸い直した後、おれにそのストローを手渡した。おれもアヒムと全く同じ動作でコークのラインを吸い上げた。最後によしこが残された一本のラインを摂取し、鏡は粉一粒残さないきれいな平面に戻った。

コカインはすぐに効いてきた。それまでノルモでどんより曇っていた頭が急にサッと晴れ上がった。血管にザワザワした感じがした。おれはよしこに尋ねた。

「今、何時?」

よしこは壁の時計を見て、

「五時四十四分よ」

「え。もうそんなんなん。あかん、おれ行かなあかん」

「どこ行くん?」

「京都会館。村八分見るんや」

「村八分?　あんた、そんなん止めといて、ここでゆっくりしていきよ」

「なんで?」

「あんた、村八分見たことないんやろ。あの人ら、ひどいんよ。舞台出ても二曲演《や》っただけでチャー坊が〝今日は気いノラへん〟とか言うて、マイクスタンド蹴倒して帰ってしまうんよ」

「チャー坊て誰?」

「ヴォーカルの人よ。この辺まで毛えあって」

よしこは自分の腰骨の辺りを指さした。

「何でそんなんにお金払わんといかんの。だいたい、あんたお金持ってんのん？」

「……千円くらい持ってる」

「それやったら入られへんわ」

「かまへん。裏口から入る」

「そう。好きにしいや。まあ、カッコはええわよ、ムラハチは。ギターは山口冨士夫いう人で、前、ＧＳのダイナマイツにいてた人よ」

「上手いん？」

「上手いんかどうか、わたし解らへん。けど、ロックのギターやわ」

「そう。おれ、やっぱり行くわ」


バスに揺られている十五分くらいの間にコークはすっかり醒めてしまった。おれはまたノルモを四錠追加した。

京都会館への侵入は簡単だった。裏口には誰もいなかった。おれはホールへ抜け入った。会場は満員だった。立ち見もいた。おれは一番前のかぶりつきの所で、通路に座った。

ステージには緞帳《どんちょう》が降りていた。その緞帳の前で和服を着た小柄なおばさんが正座して琵琶《びわ》を弾いていた。鋭い撥《ばち》で、〝べえん、べえん〟と弦をはじいている。乙な趣向じゃないか、とおれは曇った頭で思った。だが、緞帳の後ろから何か建築現場のような、どんかんどんかん物を叩く音が聞こえてくる。それが琵琶の音の邪魔をしていた。おばさんは六、七分演奏して、曲を弾き終えると三つ指をついてお辞儀をし、すっと立って上手《かみて》へ去って行った。

しばらく待っていると、緞帳がゆっくりと昇り始めた。昇り終わった後のステージを見ておれは唖然《あぜん》とした。そこにあるのはスピーカーの「壁」だった。二百ワットのスピーカーが六十台くらい、天井に届くほどに積み重ねられていて壁を成していた。壁は三つに分かれていて、上手寄りの空間にドラム・セットがあり、そこに五、六本のマイクが向けられていた。そしてステージの前方には二本、スタンドマイクが突っ立っていた。

男が一人、下手《しもて》から出てきて、ドラムスの前に着席した。続いて二人の男が登場し、それぞれベースギターとエレクトリック・ギターのストラップを肩にかけた。そしてパンチパーマのやせた男が出てきて、ピック・アップが二つマウントされたテレキャスターを手にした。これが山口冨士夫であるようだった。「カルコ」で二番目に入ってきた、真っ黒に顔を塗っていた男だ。冨士夫はアンプのスイッチをONにすると、正面に向き直った。黒いどうらんはきれいに落とされていたが、冨士夫の顔はやや浅黒い。眉《まゆ》を剃《そ》り落としていて、目の下に褐色の隈《くま》のようなメイクを施していた。その隈は目の真下が一番濃く、グラデイションを成して徐々に薄くなっていた。

冨士夫は手元の突起をいじって音量とトーンを調整した。そして何気なく六弦のGのフレットを人差し指でタップした。その途端、

ギッ

というとんでもない大音がおれの耳を直撃した。おれは後ろへ吹っ飛びそうになった。

冨士夫はそんなことにはおかまいなしで、バレーでGのコードを押さえてリフを弾き始めた。

♫^{G}ジャカジャーン・^{C}ジャッ^{G}ジャ^{C}ジャッ^{G}ジャ
^{G}ジャカジャーン・^{C}ジャッ^{G}ジャ^{C}ジャッ^{G}ジャ♪

ドラムスとベース、リズムギターがそれに加わった。それは音楽などではなかった。「地震」だった。音の大津波がおれを襲い、おれは前傾姿勢で耐えているのが精一杯だった。下手からチャー坊がくるくる前方回転しながら転がり出てきた。そしてスタンドの前で止まると、すっくと立ち上がった。腰まで垂れ下がった髪で顔はよく見えず、太く黒いアイラインをひいた片目だけが覗けた。チャー坊は両手でスタンドを握るとマイクに向かって絶叫した。ギター音に押されて声は聞きとりにくかったが、おれは何とかその言葉を耳で拾った。

♫俺の事　わかる奴よく聞け
　わかる奴聞け　俺の事を
　耳をすまして　よく聞きな
　俺の事　よく憶えな
　…………………………
　俺はめくら　めくら者
　全てのみえる　めくら者♪

それから一時間、村八分はマイクを蹴倒することなく最後まで演奏を続けた。これはコカインよりもずっとよく効いた。轟音《ごうおん》に耐えるためには立ち上がって踊る他に術《すべ》はなかった。足の痛みはどこかへ吹っ飛んだ。おれは六十分間、狂って踊り続けた。

「ダムハウス」の暗がりの中で、おれはクタバっていた。踊り過ぎて全身がガタガタだった。運ばれてきたオレンジ・ジュースで、またノルモを五錠飲んだ。頭の中は真空だった。十二時を過ぎていたが、店は混んでいた。人声が五月蠅くて、もっと静かな所へ行きたかった。ラリっていてコップのジュースを零《こぼ》してしまった。店員に布巾《ふきん》を借りて机を拭《ふ》いていると、店に山口冨士夫が入ってきた。独りだった。店内を見回して、おれの前に空席を認めると、そこに座った。ステージでは白いスーツにオレンジ色のシャツを着ていたが、今は普段着だった。この寒さだというのにVネックの黒いTシャツと革ジャンを着ているだけだった。ジーンズは服というよりはボロ布の寄せ集めのようで、所々に穴があいて、そこから素肌が見えていた。

冨士夫は注文した飲み物には口をつけず、虚脱したような眼差しでぼんやりと中空を眺めていた。客の誰も冨士夫に気づかなかった。もしくは気づかない振りをしていた。

そのうちに冨士夫はトイレに行くつもりだったのだろう、ゆっくり立ち上がった。「ダムハウス」のテーブルは、ビールやコーラの空きケースを積んで、その上に板を乗せただけのものだ。冨士夫はふらついていて、どうした訳かその空きケースの中に足を突っ込んでしまった。抜き差しならぬ状態になった。冨士夫は足もとを見たまま静かに、

「おいおい。誰か何とかしてくれよ」

と言った。おれは冨士夫の足もとにしゃがみ込んで、その古びたバッシュをケースから抜いてやった。冨士夫は礼も言わずにトイレに向かい、やがて戻ってきた。

おれは席に着いた冨士夫の隈取りのついた目を見て言った。

「今日、ステーリ、見ました」

ラリっているのでザ行が全部ラ行になってしまう。冨士夫はおれを見たが、何の反応も示さなかった。おれは重ねて言った。

「おれ、ロックやりたいんです。歌を歌いますから聴いてもらえませんか」

冨士夫は黙っておれを見ていたが、やがて店員に顔を向けて声を放った。

「おーい、ウノちゃん。ちょっと音楽止めてくれないか」

BGMが消えた。店内が沈黙に満たされた。おれは声帯にファズをかけた。電池は股《こ》間《かん》の袋の中に二つ入っていた。どこにブルー・ノートを入れるのかを頭の中で確認してから、ドラ声で歌った。

♫朝十時に起きて　夜は十時に寝るだけさ

OH　YEAH♪

冨士夫は微笑を浮かべて、言った。

「ボク、そりゃ寝過ぎだよ。眠ってる間に一生終わっちゃうぜ」

それからおれに顔を近づけてささやいた。

「ヴォーカリストにはな、練習は要らない。ギタリストには要るけどな。それからついでに言っとくけどさ。ロックは音楽じゃないよ。ロックは、生き方の話なんだ」

冨士夫はそれから革ジャンのポケットを探った。

「さっき救《たす》けてくれたからお礼をやるよ。テーブルの下に手を出しな」

おれはテーブルの下に手を出した。十円玉くらいの大きさの、銀紙に包まれた何かだった。おれは礼を言うと、「ダムハウス」を出た。

凍りつくような夜道を、どこへ行くでもなく歩いていると、ふとある歌が頭に浮かんだ。それは今日のライブで村八分が演奏した中で、たった一曲だけのバラードだった。

おれは思い出しながらそれを口ずさんだ。

♫あるいても　あるいても

はてどなく　はてどなく
にぎりしめた手のひらは
あせばかり　ああああせばかり♪

歌いながら、今日の昼の犬のことを思い出した。盲目で走る犬。あいつはどこへ行こうとしていたのだろう。

それから道に唾《つば》を吐いた。最後の煙草に火を点けておれはおれに言った。

「犬の心配できるご身分かよ。てめえは」

そしてまた歩き始めた。

狂言「地籍神《ちせきのかみ》」

BGM　笛、太鼓入る。

太郎《たろう》冠者《かじゃ》、次郎冠者登場。はかま姿に工事用ヘルメットの珍なるいでたち。各々手に測量器をたずさえている。

BGM

太郎　これなるは太郎冠者にて候。いまより可児《かに》市酒井二丁目十四において、地籍調査を行う所存。そもこの地籍調査と申すものは。
次郎　これなるは次郎冠者にて候。いまより可児市酒井二丁目十四において、地籍調査を行う所存。そもこの地籍調査と申すものは。
太郎　おいおい。
次郎　おいおい……か。
太郎　こらこら。
次郎　こらこら……か。
太郎　人のマネをするな、人のマネを。
次郎　（憎たらし気に）人のマネをするな、人のマネを……か。

太郎　おこるぞ！
次郎　おこるぞ！……か。はは。
次郎　ええかげんにせんか！
太郎　ええかげんにせんか！……か。へへ。
次郎　そんなことをして面白いのか。ん？
太郎　そんなことをして面白いのか。ん？……か。ひひ。
次郎　まあ人のマネをするのは百歩譲って良しとしよう。しかしなぜいちいち人を小馬鹿にしたような調子でマネんといかんのだ。
太郎　まあ人のマネをするのは百歩譲って良しとしよう。しかしなぜいちいち人を小馬鹿にしたような調子でマネんといかんのだ……か。ぷっふふふ。
次郎　(考え込んで) うーむ。
太郎　うーむ……か。
次郎　武具馬具武具馬具三《み》武具馬具、合わせて武具馬具六《む》武具馬具っ。
太郎　……え？……ブグバグブグバグミブグバグ、合わせてブグバグムブグガ、いてっ、舌を切った。
次郎　はっははは。……いてっ、舌を切った……か。
太郎　しまった。返し技か！

太郎　しまった。返し技か！……か。はっははは。
次郎　それどころじゃないんだ。血が、血が出てるんだよお。
太郎　ふっ、むふっ。血が、血が出てるんだよお〜……か。むふっ、む
次郎　おい、たのむよお、太郎冠者。ここだ、ここを切ったんだ。見ろ、血が出てる。
太郎　なに、口の中の傷はすぐに治る。
次郎　なに、口の中の傷はすぐに治る……か。
太郎　しまった！
次郎　しまった！……か。あーっはっはっは。
太郎　あーっはっはっは……か。
次郎　くそ。あーっはっはっは……か。……か。
太郎　おのれ。あーっはっはっは……か。……か。……か。
次郎　あーっはっはっは。
太郎　あーっはっはっは。

——笑っているところへ源じい登場。
——はかま姿に笠《かさ》をかぶり、鍬《くわ》を一丁持っている。老農夫。

源じい　何を遊んどるんだね。
太郎　や。これは源じいではないか。わしも仲間に入れてくれ。
源じい　楽しそうでないか。我々別に遊んどるわけではないんだよ。こほん。
次郎　いや、源じい。我々は可児市の仕事で、地籍調査というのをやっとるんだよ。
源じい　何をやっとるんだね。
太郎　我々は可児市の仕事で、地籍調査というのをやっとるんだよ。
源じい　なに。ちせ？
次郎　ちせきだよ、ち・せ・き。
太郎　源じいは知らんかね。
源じい　知ってる。
次郎　え。ほんとかね。知っとるのかね。
源じい　ちせきというとあれじゃろ。桜田淳子《ずんこ》が出てきて、「早苗なら稲の活着がとってもスムース」。
太郎次郎　それは「イセキ」だあっ。
源じい　いやあ、めんごめんご。しかし、あんたらのやっとるのはつまりこういうことじゃろ。土地の測量を新しくやり直して、登記簿もそれに従って書きかえるというような。

太郎　それ。それだよ源じい。
源じい　それならわしもあんたらに頼みたいことがあるんじゃが。
次郎　頼みたいこと？
源じい　まあ座ろうや。よっこいしょういち。古いギャグを言うてしもうたな。

――三人、地面に腰を下ろす。源じい、笠をとって傍らの地べたに置き、煙管《キセル》に火をつける。

源じい　あれは先の伊勢湾台風のときじゃったが、
太郎　また古い話ですな。
源じい　あれは大きな台風じゃった。わしの家は崖《がけ》の下にあるんじゃが、その崖が雨でゆるんで土砂崩れ。その土砂流に呑《の》まれて、たった一枚しかないうちの田んぼが流されてしまった。
次郎　田んぼが流されたんですか。
太郎　それは、田んぼの稲とかが流されたということですね。
源じい　いいやっ。田んぼが「土地ごと」流されたんじゃ。
太郎次郎　土地ごと？
源じい　その証拠に次の日行ってみたら、柿《かき》の木一本残してなあんにもなくなっとったもの。土地が流されてどっかに行ってしまったんじゃ。

太郎　それはまた奇妙な。
源じい　ま。猫の額ほどの小さな小さな田んぼなんじゃが、なにせ先祖伝来の土地なんでのう。
次郎　それはお心残りでしょう。
源じい　ところでここは田中さんと山本さんの土地の境目だな。
太郎　はい。田中さんと山本さんの土地の境界線です。
源じい　ここじゃ。このあたりなんじゃ。
次郎　と申しますと。
源じい　見たものの話によると、わしの田んぼは広見から明智《あけち》の方へぷかりぷかりと流れていき、最後にこの酒井まできて、ここ、田中さんと山本さんの土地の間でこぽんと沈んでしまったそうなんじゃ。だから田んぼがあるとしたらこの辺にへばりついておるんではないかと。
太郎　へばりつく。
源じい　なにせちっちゃなかあいい田んぼじゃでのう。そうだ。お前さんらその地籍調査でわしの田んぼを探し出してはくれまいか。
次郎　ええ。それはまあかまいませんが。
——太郎、次郎、そのあたりの地面をていねいに調査する。どこにもない。

太郎　源じい。ないよ。どこにも田んぼはないよ。
源じい　そうか？　ちっちゃな田んぼなんで見落としてるんじゃないか。
次郎　そんなことはない。我々、地籍調査のプロだ。
太郎　まだ調査してないといえば、そこの源じいの笠の下くらいのもんだ。あっはっはっは。
一同　あっはっはっは。
—笑ってから一同、地面の上の源じいの笠をじっと見る。
太郎　……ま、まさか。
—一同、笠のまわりを取り囲む。太郎冠者、笠に手を当てて、
太郎　よろしいか。では笠を取るぞ。いち、にい、のお、さんっ！
—笠を取る。笠の下には「お好み焼き」が一枚かくれている。
源じい　あ、あったあ！
太郎次郎　え!?
源じい　こんなところに隠れていたのか。ああ、よしよし。わしと一緒に家に帰ろうな。もう逃げたりするんじゃないぞ。それではあんた方、いかいお世話になりました。
—源じい、お好み焼きの「田んぼ」をよしよししながら去って行こうとす

——る。

次郎　あ、あの。

源じい　何じゃ。

次郎　そ、それは田んぼではなくて「お好み焼き」では、

源じい　何だと。

次郎　それは、お好み焼きでは、

源じい　…………。

次郎　…………。

源じい　ぶた玉じゃ。

次郎　え？

源じい　食うか？

次郎　……いえ。

源じい　ふおーっほっほっほっほ。若い者をおちょくっとると楽しいのう。ふおーっほっほっほっほ。

——源じい、笑いつつ去る。その背を見送って、

太郎　何じゃあれは。

次郎　完璧《かんぺき》にバカにされたな。

太郎　遊んでいるまにだいぶ調査が遅れてしもうたぞ。さ。とっとと始めよう。
　　　──二人、測量にかかる。
太郎　この田中さんと山本さんの境界線は（地図を見ながら）デコボコなしの一直線だ。測量といってもすぐにすむだろう。おーい、器材をもうちょっと右に振ってくれえ。
次郎　それが……できないんだよ。
太郎　できない？　どうしてだ。
次郎　境界線のま上に祠《ほこら》がたっているんだ。
太郎　ほこら？　どれどれ。
　　　──二人、舞台中央に歩み寄る。
太郎　おう、ほんとうだ。こりゃ境界線を左右に分けてちょうどま上だな。
次郎　こりゃ、ずいぶん古いもののようだな。
太郎　昔の地図には表記がないぞ。
次郎　あんまりちっちゃいんでつけ忘れたんだろう。
太郎　困ったな、こりゃ。
次郎　どうした。
太郎　そもこの祠は田中さんのものだろうか、山本さんのものだろうか。

次郎　こうど真ん中にたってちゃあなあ。
太郎　どっちかに移せんだろうか。
次郎　え？
太郎　どっちかに移せんだろうか。そうすれば境界線もごちゃごちゃせずに、すっと一本、きれいな線で引ける。
次郎　そんなことをしたら田中さんか山本さんのどちらかが怒るんじゃないだろうか。うちの大事な祠はどこ行ったあって。
太郎　お前なあ、今日びの信心うすい世の中で、祠がなくなったからといって喜ぶ人こそあれ、怒る人なんてものはおらん。
次郎　そうだろうか。
一太郎、突然田中さんの奥さんになり、次郎、山本さんの奥さんになる。
田中　あーら、山本さんの奥さま。
山本　ま、田中さんの奥さま。
田中　ずいぶんお久しぶりですわね。
山本　この前お会いしたのは確か、
田中　白亜紀かジュラ紀。
山本　恐竜かい私ら。

田中　家のいたみがひどくてもうどうにもならなくなったもので、建て替えをいたしましたのよ。
山本　ええ、ええ。
田中　留守中、ご迷惑はかかりませんでした？
山本　いえいえとんでもない。ただちょっと工事の音で主人が不眠症になったくらいで。
田中　あらっ、工事は八時で終えるようにきつく申し渡しておいたんですけれど。
山本　うちの主人、六時に寝ますの。
田中　子供かいっ。
山本　新しいおうち、いかがですの。
田中　ええ、前の家が「忍び返し」がついてるような古い造りだったもんですから。
山本　何ですの、忍び返しって。
田中　よくわからないんですの。で、今度の家は思いきって西欧風の、それも「アール・デコ調」で統一してみたんですわ。
山本　まっ、素敵！
田中　それが、ひとつだけ気にくわないことがあって、
山本　何ですの。

田中　庭の祠ですわ。
山本　ほこら……。
田中　天気のいい日なんかにアール・デコ調の家を眺めて、「ああ、気分はもうコート・ダジュール」なんてときに、ふっと首を九十度まわして庭を見ると、そこに「祠」が。
山本　ナム・ハンニャー・ハーラーミーター。チーン。
田中　アール・デコなのに、地蔵だか稲荷《いなり》だか知らないけど、祠が。ウーン、ブクブクブク。
山本　あら、奥さましっかりなさって。
――太郎、次郎、素に戻る。
太郎　な？　というふうにだな。今日びの世の中、こんな古臭い祠をありがたがる人間なんぞどこにもおらんのだよ。早々に田中さんちか山本さんちに移し変えてしまおう。お前はそっちから押せ。わしはこう引っ張るから。いいか。せえのっ。ふむっふむっふむっ。
次郎　ほいっほいっほいっ。
――ＳＥ　太鼓入る。
――押せども引けども祠は動かない。二人疲れて、

太郎　はあっ、はあっ、はあっ。

次郎　ひいっ、ひいっ、ひいっ。これはずいぶんと土台がしっかり打ち込んであるな。

太郎　よし、切ってしまおう。

次郎　え!?

太郎　境界線に沿って、ノコギリで祠をまっぷたつに切ってしまおう。そうすれば祠は田中さんのものでもあり、山本さんのものでもあり、境界線は一直線。万事めでたしめでたしだ。

次郎　いいのかなあ、そんなことして。

――といいつつも、でっかいノコギリを持ってくる。

太郎　よし、いくぞ。

――BGM　笛、太鼓にノコギリの音。懸命に切る太郎冠者。団扇《うちわ》であおぐ次郎冠者。音曲次第に盛り上がって……。

太郎　き、切れたあ。

次郎　切れた切れた。

――喜んでいるところへBGM　幽玄なもの。地の神、登場。顔の中央にツーッと血の筋がある。

地の神　我はこの祠に古《いにしえ》より住まいいたす神、八坂入彦命《やさかのいりびこのみこと》が霊なり。我がシエスタを邪魔しおったはおぬしらか。
太郎次郎　へ。へへえ〜。
太郎　おい、神さまが出てきたぞ。
次郎　どないしよう。
地の神　わしがおそなえもののワンカップ大関を飲んで、ほろりほろりと羽化登仙《うかとうせん》、とろっと眠りかけておったらいきなり天井からギーコギーコと無粋な音が。やがて木屑《きくず》とともにノコギリの刃が現われて、わしはあっという間にまっぷたつに。この血の筋を見よ。
太郎　神さま、大丈夫なんでございますか。
地の神　アロンアルファでくっつけた。
太郎次郎　ひえー。
地の神　しかし困るぞ。人の祠をいきなりノコギリでまっぷたつにするというような乱暴は。
太郎　まことに申し訳ございません。
地の神　なにゆえにそのようなことをしたのだ。
太郎　は。実は我々、地籍調査というものをやっておる最中でして。そのためにどうしてもこの祠が邪魔になるというので、まっぷたつに切ってしまったのでございます。

地の神　ちせ？

次郎　ち・せ・きでございます。地の神さまにはご存知ございませんでしょうか。

地の神　知ってる。

太郎次郎　えーっ。ご存知ですか。

地の神　ちせきというとあれじゃろう。桜田淳子《ずんこ》が出てきて、「早苗なら稲の活着がとってもスムース」。

太郎次郎　それは「イセキ」だあっ。

地の神　淳子《ずんこ》の太い足も最近は見んが。いやいや、太いということでは百恵のほうがはるかに太かった。

太郎　そういうことではなく、地籍調査というのは明治以降そのままになっていた不正確な土地の地図を新たな技術で調べ直し、

次郎　それによって、土地登記簿などが改正されるという大変に大事な調査なのです。

地の神　ほうほう。

太郎　地籍調査をすませておれば、土地の境界線をめぐるさまざまなトラブルを防

次郎　ぐことができます。災害でぐちゃぐちゃになってしまった土地でも、地籍調査をしておれば容易に元の位置を確認することができます。たとえば田んぼが流されてなくなったというようなときでも、

太郎　まちづくり、むらおこしのプランに役立ちます。

次郎　公共事業の円滑化に役立ちます。

地の神　それはまた、けっこうずくめなことだな。

太郎次郎　へへーっ。

地の神　いや、けっこうけっこう。けっこうけだらけ猫灰だらけ。おぬしらの前途をことほいで、ここでわしが一番舞って進ぜよう。

太郎次郎　へへーっ。ありがたき幸せ。

地の神　急に舞ったりして、アロンアルファがはがれんとよいのだが。

BGM　めでたい舞曲。地の神につられて舞い出す太郎冠者、次郎冠者。
三人、ポーズがきまったところでストップ。
源じいがおろおろと出てきて、

源じい　ちせきというと、

全員　それは「イセキ」だっ。
源じい　わお！

バッド・チューニング

「あたしを調律することはできないわよ」

和美がバーボンのソーダ割りを啜《すす》りながら言った。

「いくらあなたがプロの調律師でもね」

私はスコッチのロックを口に運びながら答えた。

「そうだろうか。人間は自分を変えることができる唯一の生き物だ。ほんのちょっとした歪《ゆが》みがどんどん巨大化して、遂《つい》には自分を滅ぼしてしまう。そんな人間を周りに何人も知っている。歪みが生じたらすぐに微調整して正しく直す。これは重要なことだよ」

それを聞いた和美はかすかに微笑《ほほえ》んだ。唇の右側が少し上にあがっている。シンメトリーではない。歪んだ微笑だった。それは私の神経をいらだたせた。

「あたしはもともと壊れた女よ。強迫神経症で二度入院してる。あなたも知ってるでしょ、リストカットの跡が左手首に三本ある。拒食症、過食症もやったし、ドラッグにも手を染めたわ。コデインと覚醒剤《かくせいざい》ね。リストカットの跡も注射痕《あと》も、いつまでたっても消えない。私の昔の日記よ」

和美はカウンター越しにバーテンに同じものを注文した。

ここは下北沢にある小さなショット・バーで、八人入れば満席になる。が、今夜は私達二人しか客はいない。店内には小さな音でウェス・モンゴメリーが流れている。その独得なギターの音色が私と和美の間の沈黙を埋めてくれる。

和美は三十一歳で、犬の理容師をしている。中柄でやせているが、顔立ちは整っていて美しい。私はシンメトリーを好むので、例のひきつり笑いのとき以外の和美の顔は好きだ。

私は三十六歳。ピアノの調律師をしている。最初はジャズ・ピアニストを目指していたのだが、ジャズへの道は狭く、結局は調律師になった。もう十年ほどこの仕事をしている。が、調律の仕事は徐々に減りつつある。電子ピアノが普及してきたためだ。電子ピアノは絶対に狂わない。音量調節がありヘッドフォンでも聞ける。だから一般家庭でもレコーディング・スタジオ、リハーサル・スタジオ、そしてステージでも電子ピアノが幅をきかせる時代になった。調律師は四苦八苦だ。今までは行かなかった遠い地方都市へも足を運ぶようになった。それでもまあそこそこは食っていける。転職するつもりはない。

和美は私のクライアントだった。新しいマンションに引っ越したばかりで、ピアノを調律してくれという。西麻布のマンションに出向いていった。応対に出た和美は輝くように美しかった。ピアノはトラックに揺られてひどい調子だった。私は念入りに調律した。二時間ほどかかった。

和美はピアノ椅子《いす》に座るとリストのソナタを少し弾いた。けっこう上手だった。

「すごい。精密機械みたい。こんなていねいな調律は初めてですわ」

「性格が出るんですよ、この仕事は」

私は答えた。

「お疲れ様でした。あら、もう暗くなってるわ。よろしければビールでもいかが?」

我々は冷えたビールで乾杯した。新生のピアノに。

私達は主に音楽の話をした。和美は音大に落ちてピアノの道を諦《あきら》めたが、自身はロックが好きだった。ガンズ&ローゼズが特にお気に入りのようだった。

私は自分が民族楽器を収集している、という話をした。

「民族楽器?　あんなものお粗末なものでしょ。ピアノに比べれば。ピアノこそが完全な楽器だわ」

私は首を横に振った。

「とんでもない。私はニューデリーでシタールを買ったんですが、夜、ホテルでつぶさにシタールを調べて、〝これはやられた〟と思いましたね。ドローンと呼ばれる低音用の七本の主弦の下に十一本の共鳴弦が付いている。フレットは可動式でどんな音階でも弾けます。幅広い象牙《ぞうげ》のブリッジには微妙な〝さわり〟が施してあって、弾くと〝ミューン〟という何ともいえない音がします。それに合わせて共鳴弦もまたミューンと響きます。ブリッジとテイルピースの間にはナツメの実がはさまれている。これはナツメを移動させることによって微妙なチューニングをするためです。ピアノと比べることは無意味ですが、シタールは進化に進化を遂げた究極の楽器です。それぞれの国にそれぞれ固有の楽器がありますが、皆、必要性から来た姿、形、弦の仕組みを持っていて無駄なものはひとつもない。整合性がある。ベトナムの一弦琴《いちげんごと》(ダンバウ)などを聞かれたらビックリしますよ」

ビールがいつの間にかウィスキーに変わっていた。

和美は理解力に長《た》けた、賢い女性だった。文学にも精通しているようだった。

そのうち酔っ払ってしまった私達はピアノで遊んだ。和美は「猫ふんじゃった」を普通の倍の速さで弾いてみせた。私はセシル・テイラーの物真似《ものまね》をして、肘《ひじ》でガンガンとピアノを叩《たた》き打った。

気がつくと十時を過ぎていた。

私は礼を言って上着を手にした。

玄関口で和美が私に言った。

「明日も調律に来てくださる？」

私は自分の名刺を出して和美に渡した。

「狂った奴《やつ》に襲われそうになったら電話してください。そいつを調律してやります」

四日後に和美から電話がかかってきた。

和美の三杯目のバーボンが底をつきかけていた。和美は残った氷をガリリとかじった。

「あなたは何にでも整合性を求める。正しさを要求する。コップの置き方からセックスまでね。最初はそれが素敵に清潔に見えた。でも段々息苦しくなってきて。すきま風から酸素を吸ってる感じ。スキューバならあと十分しか酸素がないのに沖へ沖へと進んでる。それが今のあたしよ」

「私は君にああしろこうしろとうるさく言った覚えはない。ただ君の自虐癖を治そうと努力はした」

「それが大きなお世話なのよ」

和美はバーテンに四杯目をオーダーした。

「人はみんな違うのよ。あなたみたいに調律の正しい人もいる。でも歪んだ人の方がはるかに多い。それを病理としてでなく、その人の個性として受け止めなきゃ。あなたにはそれができないのよ。最初会った日、あなたはセシル・テイラーの真似をしてくれたわね。あたしはあれなのよ。あたしは不協和音の女よ」

「不協和音の女か……」

私はグラスの氷をカラカラと鳴らした。

「ピアノは正確だ。問題は弾き手だ」

「どういうこと、それ」

「ピアノは君の肉体だ。弾き手の問題というのは要するに君の生に対する姿勢だよ」

「それが正しくないっていうのね」

「そうだ。私の母によく似ている」

「お母さまに？」

「ああ、夫を憎み、自分を憎み、生きることを憎んでいた。その割には長生きしたがね。今、病院にいる」

「何の御病気？」

「末期の肺ガンだ。それもあちらこちらに転移している」

「お気の毒に」

「悪いクジを引いたんだよ。それよりさっきの話の続きをしよう」

「続きっていったってもう何もないわ。ね、ローリング・ストーンズは聞く？」

「あまり聞かないな。ミックが嫌いでね。キースは好きなんだが」

「ストーンズはね、ライブのとき楽屋でチューニングするでしょ。チューニング・メーターで寸分の狂いもなく調弦する。で、その完璧《かんぺき》なギターをキース達は持ち上げて、床にゴーンとそのお尻を叩きつけるの。そうすると少し調弦が狂うでしょ。それがいいんだって。ロックはバッド・チューニングでないと味が出ないんだって。あたしだってそう。バッド・チューニング・ウーマンよ」

「どうも感心しないな。自分のチューニングを狂わす必要はどこにもない。むしろより正確にチューニングするべきじゃないかな」

和美は丸椅子の上で身体《からだ》を九十度回すと私の目を直視して言った。

「ね。だから私達基本的に合わないのよ。人種が違うのよ。このまま付き合っても先は見えてるわ。だから会うのはこれで最後にしましょ」

「愛しているって言った。嘘《うそ》か」

「嘘じゃない。でもあたしにもあなたにも自分の生活ってものがある。この二つを合体させることはできないわ。同棲《どうせい》とか結婚とかね。だから会っても無意味だと思うのよ」

私のグラスを持つ手が震えていた。頭の中は空っぽだった。やがて私は口を開いた。

「……わかった。これで最後にしよう。別れの乾杯をしよう」

二つのグラスが触れ合った。カリンと哀しい音がした。

それから四日後の夜中、兄から電話があった。兄は親父のやっていた家具屋の跡を継いでいる。親父は十年ほど前に心臓マヒで死んだ。

「五分前におふくろが死んだ」

「…………」

私は絶句した。

「苦しみはしなかった。投与されたモルヒネが効いていて、眠りながら死んだ、そういう感じだ」

「そうか」

「通夜は明日の夜、葬式は明後日《あさって》の五時から光明寺でやる」

「……通夜には行けない」

「通夜には来れん？　なぜだ」

「仕事がある。明後日〝世界三大ピアニスト競演〟という大イベントがある。三台のグランドピアノを夕方から調律しないといけない。スタインウェイとブリュートナーとベヒシュタインだ。徹夜作業だ。この仕事ができるのはおれしかいない。代わりはいないんだよ。だから通夜には行けない、わかってくれ兄貴。おれも辛《つら》いんだ」

「わかった。どうせ密葬だ。集まるのは身内ばかりだ。事情を話せばわかってくれる。そのかわり葬式には来るんだぞ」

「ああ、行くよ」

電話を切った。

母が死んだ。

なのに自分でも不思議なくらい哀しみは湧《わ》いてこなかった。もちろん涙など出ない。私は母を憎んでいたのか。そんなことはない。自虐的な人だったので、全ての悪いことを、たとえば私の成績が落ちたことを、飼い犬が死んだことを、親父が心臓マヒで死んだことを、自分のせいにしてそのたびにひどく落ちこんでいた。〃あのとき私がこうしていれば〃ぶつぶつと口の中で呟《つぶや》きながら頭をかかえていた。

私と兄は本当はあまり仲が良くなかったのだが、母がそういう抑うつ状態になったときには二人で母に話しかけ、なぐさめた。大学病院の精神科に連れていったこともある。問診を受けたが当てはまる病名はなかった。確かにうつ症状におちいることはあるが、「うつ病」ではない、とのことだった。軽いトランキライザーを処方してもらって帰った。母はその薬を飲むと、少しは気が晴れるようだった。

二週間に一度、兄が病院にその薬を取りに行った。

生まれついての気性なのか、それとも何かトラウマがあったのか、それはわからない。ただ私が小さい頃に、父が夕食時に冗談で、

「母さんは残飯でも食べてなさい」

と言ったことがあるそうだ。母は冗談のわかる人ではなく、深く傷ついた。その日以来母は食卓の席には決して座らず、台所で立ったままほんとうに残飯を食べるようになった。以来何十年、誰がどう説得しても台所で立ったまま残飯を食べ続けた。それは母

なりの父への復讐《ふくしゅう》でありデモンストレーションでもあったのだろう。

ただ、我々子供には優しかった。爪に火を点《とも》すようにして貯めた小金で本やオモチャを買ってくれた。デパートにも映画にも連れていってくれた。考えれば複雑な人だった。

その母が死んだ。

なのに何も哀しくない。

これはどういうことだろう。私の心はどうなっているのだろう。

和美を失い、母を失った。人生とはつまり〝失うこと〟だ。


広いホールの舞台の上に三台のピアノが並べられていた。ベヒシュタイン、スタインウェイ、ブリュートナー。いずれも名だたる名器でしかも十九世紀に作られたものだ。余程ていねいに扱わないと破損させてしまう怖れがある。

「えらい仕事を引き受けてしまった。長丁場になるぞ」

ホールの係の人が来て、夜食はどうしましょうと尋ねてきた。

「食べ物は要りません。神経が鈍る。ミネラルウォーターの大きいペットボトルを一本お願いします」

私はまずベヒシュタインから始めることにした。上の響板を上げる。この響板は「ハーゼルフィヒテ」という樹の一枚板で、切ってから十年間寝かせ、余分な湿気を取り除いたものだ。よく「スタインウェイは鉄骨を、ベーゼンドルファーは箱を、ベヒシュタインは響板を鳴らす」という。だからこの板は重要な部分だ。

十九世紀半ばはリストの時代だった。彼はよく独演のコンサートを開いた。が、リストの打弦力というのは非常に激しいもので、普通のピアノでは持たなかった。ハンマーで打たれた弦がぶちぶち切れてしまうのだ。そこでリストのために作られた頑強なピアノ、それがベヒシュタインだ。

私は鍵盤《けんばん》のAの音を軽く叩き、そこから順番にスケールを一渡り弾いてみた。ひどい狂い方だった。このピアノはフランスから船で二カ月かけて運ばれてきたのだ。波の揺れが来るたびに少しずつ狂っていったのだろう。

私は持参した革のカバンを開けて調弦用の器具を取り出し始めた。

チューニング・ハンマー、ドロップスクリュー調整ドライバー、キーを緩めるプライヤー、キースペーサー、ベンディングプライヤー、ダンパー調整用の鏝《こて》、スプリング調整フック、パラレルプライヤー、革カバーのついた調律用のクサビ、あらゆる太さの交換用の弦、ハンマー鏝、強力接着剤、整音針各種。

他にもたくさんの用具があるのだが、私は各ピアノの構造と音色を考えて、不要なものは持ってこなかった。

私はベヒシュタインの前に立つと言った。

「さあ始めるぞ。君はひどく病んだ精神病患者だ。私は精神科医だ。君の精神状態を正常に戻すのが私の仕事だ。いいか、ぶっとい注射を射ってやる。覚悟しろ」

　私とベヒシュタインの神経戦が始まった。

　大仕事を終えて帰宅すると、明け方の五時半だった。身体はくたくたに疲れきっていたが、神経はぴりぴりと冴《さ》え渡っていた。長時間緊張し続けていたために、その神経の張りが持続し、心が安らがないのだ。

　今日は夕方から母の葬式だ。眠っておかなくてはならない。しかし眠れる状態ではない。

　私はロヒプノール（催眠薬）を二錠飲んだ。それにヒルナミン（睡眠導入剤）を一錠。これらがうまく効いてくれれば六時間は眠れるはずだ。

　念のためにアルコールも摂取しておく。

　スコッチのロックをダブルにして喉《のど》に流し込む。胃が熱くなり、全身の血行が良くなるのが自分でわかる。一杯目はあっという間に腹に収まってしまった。二杯目を作る。今度はゆっくりと口に含む。ほろりと酔いが回ってくる。途端に自分がひどく空腹であることに気づいた。台所に行く。ラックから乾燥ビーフンを取り出す。以前和美がこのマンションに来て料理してくれたときの残り物だ。

グラスを片手に料理を始める。湯を沸かし、ビーフンを軽くゆでる。ザルにあけて水を切る。冷蔵庫から小松菜とネギを出し、それをまな板の上でザクザクと刻む。私は独身生活が長いので包丁さばきはちょっとしたものだ。ツナ缶を取ってきて、中味をまな板の上にあける。小型の中華鍋《ちゅうかなべ》を取り出し、火にかけて煙が上がるまで熱する。ゴマ油を注ぎ、ツナ、ビーフン、小松菜、ネギの順に放り込む。ジャーッと激しい音。鍋の中で油と具材が闘い合っている。そこへ塩、コショウ、味の素、ニョクマムを振りかける。三十秒炒《いた》めて「ベトナム風焼きビーフン」は出来上がった。

皿にも移さず、鍋のままテーブルの方へ運ぶ。箸《はし》で口に運ぶが、火傷《やけど》しそうなくらいに熱い。ニョクマムの香りに私は半年前和美と行ったタイ、バンコクを思い出した。ヤワラート通り、パッポンストリート、屋台で食べたバーミー・ヘン（麺《めん》の和《あ》え物）。水上マーケット。ホテルにこっそり持ち込んだドリアン。タトゥ・ショップ。入れ墨を入れるという和美を必死になって止めた。口論になった。思えばあの頃から和美は私に違和感を覚えていたのかもしれない。

焼きビーフンをずるずると啜りながら、三杯目のロックを作る。

そのウィスキーを飲み終わり、ビーフンを食べ終えると、和らいだ気分になった。

「眠るなら今だ」

私はベッドに飛び込んだ。

しかし眠りはなかなか訪れてくれなかった。

閉じたまぶたの裏側に、ピアノの白鍵や黒鍵、弱音フェルト、チューニング・ピンなどの映像が浮かぶ。ダンパーペダル、弦押さえ、ワイヤーの列が脳裡《のうり》を横切る。Cmを押さえる細く白い手。和美の手だ。こちらに背を向けてピアノを弾いている小柄な丸い肩の女性が見えた。

それは母だった。

そのあたりからロヒプノールが効いてきたのか、とろとろとして、やがて私は眠りに落ちた。

目覚めると昼の十二時だった。

葬式まではずい分時間があった。

歯を磨きながら私の頭に閃《ひらめ》くものがあった。

「おふくろに対して、葬式よりも何よりも、私だけの葬送曲を贈ろう」

タオルで顔を拭《ふ》きながら私はアップライトピアノの前に座った。メロディはもうすでに頭の中に出来上がっていた。

蓋《ふた》を開け、赤いフェルトの布を取り去って鍵盤を露出させる。

左手をAmの形に整え、右手はオクターブ上でメロディラインを弾く用意をする。

静かに第一音のAmを弾いた。途端に私の顔が歪んだ。AmはA、C、Eでできたコードだが、その中のCの音が明らかに低くなっていた。ためにAmは非常に不愉快な響きの短調和音になっていた。

私はあわてて全ての鍵を叩いて調べてみた。六カ所の弦が狂っていた。

「紺屋《こうや》の白袴《しろばかま》か」

私は舌打ちすると、調律用具を取りに立ち上がった。

ピアノの調律は一時間ほどで済んだ。試しにスケールを弾いてみたが、完全に正確な音に揃《そろ》っていた。

が、私の頭にはふとした疑念が湧いた。

「うちの音を出すものは全て正しく整っているのだろうか」

気になった私はピアノの上に置かれたメトロノームを手に取り、スイッチを入れた。メトロノームはカッチカッチと音を立てて往復し始めた。私はじっとその音を聞く。大丈夫だ。メトロノームは正確だ。

メトロノームの横に目覚まし時計があった。手に取って見ると時計は止まっていた。昨日までは動いていたのに何故《なぜ》だろう。おそらく電池切れだろう。まあいい。時計は楽器ではない。

私はソファの方に行くと「サズ」を取り上げた。トルコの弦楽器で二本セットの弦が三コースある。木彫りの卵形のボディに細長いネックがついている。サウンドホールはないがその代わりに胴のお尻に小さな穴が開いている。どういう意味なのかよくわからない。いずれにしても木目の美しい楽器だ。面白いことにこのサズのフレットには半音の半音がついている。バッハの平均律以来、世界中の音楽は一オクターブ十二音と定められている。しかしアラブ音楽は半音の半音を巧妙に駆使して微妙な綾《あや》を紡ぎ出す。

このサズもやはり弦が緩んでいた。私はピアノを叩いてサズをAとDに調弦した。ついでにタオルで拭いてやる。

サズを元の位置にしまうと、横にあるチャランゴを持ってピアノへ引き返した。

複弦で四コース。マンドリンほどの大きさの楽器だ。ペルーでケーナという笛などの伴奏に使われる。『コンドルは飛んで行く』などの伴奏でシャラシャラ鳴っているのがチャランゴだ。最近のチャランゴは胴が木でできているが、以前はアルマジロの甲羅でできていた。これもあってアルマジロが乱獲され絶滅の危機に瀕《ひん》したため、政府がアルマジロを使用することを禁止したのだ。

私のチャランゴは昔に買ったものなのでアルマジロで作ってある。乾燥のためか、底の方に小さなひび割れができている。

八本の弦を慎重に合わせる。

次はインドの大正琴だ。大正琴は勿論《もちろん》日本の楽器で大正初期に森田伍郎という人が考案製作したものだ。それがどこをどう流れたものやらインドで使われているのだ。インドでは「ブルブル・タラング」と呼ばれているが、私の持っているものにはローマ字で「TAISHO-KOTO」と記されている。日本の大正琴は元々弦が二本だが、インドのものは十一本ある。楽器自体が長方形の木のケースになっていて取手が付いている。持ち運びに極めて便利だ。

インド音楽というのは何でも受容する。大正琴でもヴァイオリンでも手風琴でも。そしてそれをたちまちのうちにインド流の音楽に、つまり「ラーガ」に応用してしまうのだ。

それにしても、十一本の弦を均一に〝C〟に整える。溜《た》め息が出た。

大正琴を調弦し終わると少し休むことにした。煙草《タバコ》に火を点《つ》ける。

私は民族楽器を収集しているが、基本的には自分で弾ける楽器しか買わない。ヴァイオリンを習っていなかったので擦弦楽器は弾けない。だからインドにはディルルーバという素晴らしい擦弦楽器があるが弓を使うことができないので買わない。打楽器の類《たぐい》はたまに手を出すこともある。楽器とは弾くものであって、眺めてにやにやするものではないのだ。

次の楽器を手にしたとき、私は目まいを覚えた。オート・ハープである。大正琴どころではない。弦が三十六本ある。オモチャのピアノくらいの大きさで、厚さ五㎝くらいの木の箱だ。それに細いの太いの長いの短いの、三十六本の弦が張り渡されている。そしてその下部に十五本のバーが弦を横にまたいでいる。それぞれのバーには「G」「F」「Em」などのコードネームのプレートが貼《は》ってある。このバーの例えば〝C〟を押すとC、E、G以外の全ての音がバーについたフェルトで消される。そこでハープをピックでストロークすればCの和音が鳴り響くわけだ。

調弦はペグの部分を専用のレンチでねじって按配《あんばい》する。三十六本の弦を前にして私はげんなりしたが、それでもレンチを手にした。

「この家の楽器を全て絶対音のAで正しく統一してみせる」

それが私の意志であった。

正しさ。統一性、整合性、私が自らの杖《つえ》としている言葉だ。これなしには私は歩けない。

三十六弦を調律するのにどれだけの時間がかかったのかはよくわからない。いささかぐったりしたが、その三十六弦を下から上までバラバラバランと掻《か》き上げ鳴らしてみると、孔雀《くじやく》が羽を広げた瞬間のような華麗な印象を受けた。深い喜びに包まれて、私は煙草に火を点けた。楽器はソファに数台。部屋の壁やカーテン沿いに数十点ある。が、シタールを除けばそんなに無茶な弦数の楽器はない。私は煙草を吸い終えると猛然とまた調弦を始めた。

ロシアのバラライカ、インドのサーランギー、ヴィーナ、シタール、アフリカのマサイ人のハープ（水牛の角と革でできている）、ケニアのニャティティ、小さい方のサズ、金属製のサズ、北アフリカのウード、ギリシャのブズーキ、ベトナムの四角い胴の弦楽器、タイの奇妙な弦楽器（音程が世界中のどこにもないもの）、台湾、中国、ベトナムの胡弓《こきゆう》、中国の琵琶《ビパ》、月琴。日本の琵琶《びわ》、三味線、沖縄の三線《さんしん》。そしてクラシック、アコースティック、エレキの各ギター。

全てが正しく調律された。どの楽器でAを弾いても全く同じ音程が返ってくる。この家は絶対音Aによって統一された。

愉悦を覚えているその頭に、ふと「葬式」の二文字がよぎった。

「今、何時だろう」

ピアノの上にある時計の所まで行って思い出した。時計は止まっていたのだ。

私はとにかく急いで喪服を着、コートを羽織り、マンションを出てタクシーを捕まえた。

「虎《との》ノ門《もん》の光明寺」

道はそんなに混んでいない。私は少しほっとした。

車は三十分ほどで寺に着いた。

走るようにして境内に駆け込む。

境内は暗かった。葬式なら多少の灯《あか》りがあるものだ。寺を間違えたのだろうか。

境内をぐるりと見回すと、中央に一人の男が立っていた。

「何をしていた」

と男は低い声で言った。その声は怒りに満ちていた。

「兄貴か」

「葬式はもう一時間も前に終わったんだ。今は八時だ。いったいどこをうろついてたんだ」

私は口ごもった。

「その……。家の時計が壊れてて」

兄はつかつかと寄ってくると、

「寝てやがったな。馬鹿野郎っ」

兄のパンチが飛んできて私の左眼に当たった。兄は高校大学とボクシング部にいた。戦績はそうよくはなかったが一応ボクサーだ。そのパンチが眼に当たったのだから効かないわけがない。

「親不孝者っ」

次のパンチはレバーに当たった。ずしんと重い鉄球を受け止めたような衝撃があり、私は前のめりになった。

「この恩知らずっ」

前のめりになった私の口の右半分にパンチが入った。くらくらして立っていられなかった。私は一旦《いったん》膝《ひざ》をつき、それから前に倒れた。

「今日から兄弟の縁を切る」

兄はそう言うと寺門の方へ去っていった。

私は五分ほどそのまま倒れていたが、やがてのろのろと立ち上がると山門を出た。

タクシーを拾う。運転手は私の顔を見てギョッとしたようだったが何も言わなかった。

「西麻布へ」

「はい」

運転手はティッシュを私に渡した。

「お客さん、血が出てますよ。拭いてください」

和美のマンションのドア・チャイムを押す。

「はい、どなた」

とスピーカーからいつもの声。

「私だ」

「どうしたの。もう会わない約束でしょ」

「それどころじゃないんだ。開けてくれ」

ガチャリと扉が開いた。

和美は私の顔を見るなり、

「わっ、何、それ。あなた、自分がどんな顔してるか知ってるの」

「知りたくないね」

「こっち来て」

和美は私をバスルームに引っ張り込み、鏡に向かって立たせた。鏡に映った私の左眼はお岩さんのように青く膨れ上がり、目尻から血がダラダラ流れていた。右の顎《あご》も腫《は》れ上がり、唇の端から血が滴《したた》っていた。まだショックで痺《しび》れているのだろう、痛みはそんなになかった。それよりもフックの入ったレバーが重く鈍く痛んだ。

和美は私をバスルームから連れ出すと、ソファに座らせた。

「ちょっと待ってね、薬箱持ってくるから」

やがて彼女は薬箱と何かの包みを持ってきた。

「まず消毒するからね。イソジンよ」

和美は腫れている部分から傷跡にかけてていねいに消毒綿を当てた。

「染みる？」

「ああ」

「軟膏《なんこう》を塗るからね。我慢してね」

軟膏を塗り終えた和美は私の向かいのソファに腰を下ろした。

「さ、何があったの。教えて」

私は事情を説明した。すると和美はケラケラ笑い出した。

「正しいことが好きなあなたが、ずい分正しくないことをしたものね」

「そうなんだ、それでね」

私は煙草に火を点けた。

「ここへ来るタクシーの中で考えたんだ。そのことについてね。正しいの〝正〟っていう字を思い浮かべてごらん。この字は行き止まりで、入口でも出口でもない。左下に変な棒が一本ついているためにシンメトリーでもない。美しくない。つまり正しいという字は正しくないんだよ。狂っている。この世界のようにね。コカイン頭のブッシュは核爆弾を発射したくて指をむずむずさせてる。そんな奴が世界を支配してるんだ。当然この世界も狂っている。この狂った世界にあって〝正しさ〟を求めるというのはそれ自体狂った行為なのではないか。私は今日になって初めてそのことに気づいた。君が正しかったんだ。私はこれからは整然よりも混沌《こんとん》を好む人間になる」

和美は微笑んだ。いびつな微笑。私は言った。

「とりあえず、今夜はベッドを貸してくれ」

「じゃ、あたしはソファで寝るの?」

「バカ。一緒に決まってるじゃないか。そのかわり正常位はダメだよ、〝正〟という字がついてる」

「ヘンタイになるのね」

「ああ。その前にウィスキーか何かないかい。強い酒が欲しいんだ」

和美が未開封のフォアローゼズを持ってきた。

それから二人はピッツァを取り、飲みに飲んだ。

気がつくと昼だった。二人とも床で寝ていた。私達の寝相はひどいもので、正しくなかった。

父のフィクション

中島さなえ

世の中には「男児は母に、女児は父に似る」という統計学に基づいた周知のデータがあり、そのため私は面識のない第三者から不憫《ふびん》がられることが多い。

「娘かあ。あの中島らもの顔でワンピース着てスパゲッティ食べたりしてるんだろう？かわいそうになあ、らも子……」

会う前にそうしてたっぷりと想像してからいざ初対面で私の顔を見ていただくと、（あれ、案外普通の顔なんだな。よかったな、らも子！）と安心されるのでとってもお得だ。ところどころパーツで似てはいるものの完全なる〝らも顔女〟にならなかった私は二十五歳で結婚もし、二十八歳の今も（二〇〇六年現在）順調にお友達を増やし続けている。最近では文章の方にグングン興味が出てきて、夜更かしを重ねながら何かと書き書きしている毎日だ。

父が階段ですっころんでから二年が経った。あいかわらず墓もなくお仏壇もなく、宝塚の中島家ではハムスターのケージの上に遺影が置かれているなどやりたい放題で、今日も来訪者を困惑させていることだろう。父が可愛がっていた犬・猫・うさぎ・爬虫《はちゆう》類《るい》などのゆかいな仲間たちも、部屋の中に一種の生態系を作り上げながら毎日ワイワイやっている。一年半ほど前からはオシャレでゴージャスな母方の祖母がレースのカーテンと共に中島家に引っ越しをしてきて、彼女の居住空間である二階だけまるで御殿のようになっている。ありがたいことに父の友人や仕事仲間の方も折りあるごとに遊びにきてくださるので、中島家はいつも賑《にぎ》やかだ。この二年間忘れられるどころか、新刊の出版や作品の舞台・映画化、雑誌掲載など、各界でも賑やかに盛り上げていただき、父が大喜びしていることは間違いない。そして三回忌にあたる二〇〇六年七月二六日、この未発表作品を含めた短編集『君はフィクション』が発売されることになった。あえて〝めでたい!!〟と言ってもこの場合不謹慎ではないだろう。

いつのまに書きためていたのやら「山紫館の怪」や「コルトナの亡霊」などの得意としているホラーもあれば、究極のロッカー・山口冨士夫氏に贈る「ねたのよい」、七〇年代初めが舞台と思われる「結婚しようよ」までバラエティに富んでいて、ファンの方も存分に楽しまれたかと思う。物語の所々に自作や既存の曲の歌詞が埋めこまれていて、音楽に再燃した晩年の意志が感じられてならない。個人的には「DECO-CHIN」も好きだが、この短編集の表題作でもある「君はフィクション」がステキだ。

とても爽《さわ》やかな良いタイトルだなと読んでみると驚いたことに、多重人格の物語であった。恋人に「性格が正反対の双子の妹がいる」と聞かされていた主人公のハードボイルド作家。実際は妹など存在せず彼女が実は二つの人格に分裂していたという事実を知ると、ハードボイルド作家はあせりもせずに、「『人生が二倍楽しめる』と恋人につられて自分も分裂する」という信じられない展開に。しかもちゃっかりとハードボイルド作家とホラー作家に分裂し、同じく分裂している彼女とそれぞれつき合い出して合同結婚まで考えているのだ。「人格が二つあったらさ、めちゃめちゃ便利だよね」みたいなお気軽さで徹底的なまでのポジティブシンキングはどこまでも驚異。作家・ロッカー・役者・旅人と、多重人格にもほどがある生き方をしてきた父らしいといえばそうかもしれない。

その一方で、「君はフィクション」を読んで父の躁《そう》うつ病のことを思い出さずにはいられなかった。父が長年にわたって患っていたその病はこんなにさっぱりとしたものではなかったけれど、その二面性はまるで双子の作家が心の奥底に潜んでいるかのようなイメージを抱《いだ》かせる。「うつ＝ロー。躁＝ハイ」で知られているように、基本的に躁状態の時はエネルギッシュで感情的だ。父の場合は心の底から沸き上がる音楽への情熱をこの時期にむき出しにすることも多く、私はそういう場合に決まってかり出される音楽班の一員だった。

三年前の春、私は大阪市内のとある病院にいた。とはいっても自分が治療を受けるためではなく、躁病で精神病棟に入院していた父を見舞いにやってきたのだ。病棟内には想像していた陰うつさなど微塵《みじん》もないことがわかると、とたんに私の中の緊張はほぐれて流れていった。件《くだん》の大麻事件以来はじめて父に会うのでその緊張なのかと思っていたが違ったみたいだ。病室内のベッドはもぬけの殻だったので、柔らかなベージュと白に塗られた壁づたいに廊下を歩きながら突き当たりの談話室を目指した。談話室の中をのぞいたとたんに度肝を抜かれた。七〜八人の患者さんがテーブルの周りを何やらワイワイと取り巻いている。その中央には口々に話しかける彼らの問いかけに全て応《こた》えながらサラサラと原稿を書いている父が鎮座していたのだ。

「えっ！　聖徳太子か!?」

私はとっさに口に出してしまったかもしれない。父がすぐ私に気づいて「よう！」と爽やかに片手をあげたのだった。

その状況に幾分のまれてしまい、精一杯の思いで「元気？」と月並みな言葉をかけると、父の隣にいつのまにか座っていた徳光和夫似のおじさん患者が、

「いや〜、らもさんの言葉の端々に何て言うかな、知性が感じられてね。毎日お話をするのが楽しみなんですよ」

と代わりに答えてくれた。和気あいあいとした談話室で三十分ほど皆で自己紹介をし合っていると、父がおもむろに立ち上がった。「話がある」と連れて行かれた一階の喫茶ルームで、父がこの数カ月間ずっと頭に描き続けてきた「マザーズボーイズ&ファザーズガールズ」というバンド発足の構想を聞いた。躁病状態特有のギラギラした目で説明をし始める。

「キラキラと歌って踊る女の子たちの後ろを、シンナー吸いすぎて歯ほとんど全部抜けてしまったヨレヨレのおっさんギタリストやアル中ミュージシャンたちがガッチリとサポートするわけや。で、きみたちファザーズガールズは体操着にブルマかなんかはいて……」

「お断りいたします」

私は即座にばっさりと切り捨てた。

だが退院後数カ月して、ある日突然携帯電話に父の留守電メッセージが入っていた。

「明日うちに藤谷文子《ふじたにあやこ》ちゃん来るから。ファザーズガールズの打ち合わせしに。……三時」ツーツー。

また父が妄想を。スターの藤谷文子ちゃんが東京からわざわざ動物臭い中島家に来るわけがないのに、と笑っていたら本当に文子ちゃんは宝塚にやってきて、その週末『らも meets THE Rocker』シリーズ第一回目のステージに一緒に立つことになったのだった。

しかし二回目以降、文子ちゃんが映画や舞台などの仕事でどうしてもスケジュールが合わない。もともとライブもマザーズボーイズ&ゲストがメインだしそろそろお役ご免かなと思っていたのだが、ライブハウスで女の子をスカウト（ナンパ）するなどハロープロジェクト並みの組織力でファザーズガールズを立て直す父の執着心は凄《すご》かった。しかも声をかけた女の子は恋愛シミュレーションゲーム『同級生』に出てきそうな萌《も》え系美少女だったので、「浅野ゆう子が好きって言ってはったのに」と周囲は驚きを隠せなかった。

シリーズは父の計画通りに第四回まで続き、ただの楽屋にぎやかしユニットであったとも言えるファザーズガールズは、結局全てのライブに参加したのだった。

こうして父は一つのフィクションを見事に現実にした。

私たち、ブルマははけなかったけど許して欲しい。

（二〇〇六年・単行本解説）

解説

坪内祐三

私は中島らもの愛読者だ。

かなりの数の本を読んだし、雑誌や新聞などに中島さんの文章が載っていると得した気持ちで目を通した。

しかし実は、愛読者といっても、エッセイや雑文の愛読者なのだ。

つまり小説には殆ど目を通していない。

その私が今ここで、中島さんの最後の作品集『君はフィクション』の解説を書こうとしている。

もちろん『君はフィクション』にも目を通していなかった。

ならば何故、私は解説の仕事を引き受けたのだろう。

私と中島さんとのかすかな縁について語っておきたい。

中島さんと小堀純さんの共著『〝せんべろ〟探偵が行く』が刊行されたのは二〇〇三年秋のことだ。

千円でべろべろに酔っぱらえる居酒屋を飲み歩くその紀行エッセイの書評を私はある新聞（通信社）から依頼された。

その通信社の記者は電話口で私に、西の中島らも東の坪内祐三と言われていますから、と言って、この書評を依頼してきた。

酒聖とも呼ぶべき中島さん（当時私は本当にそう思っていたがまさかそれが現実のものになるとは考えてもいなかった）と私はとても比べられる人間ではないが、その本が出てすぐ購入して読了し、心地良く酔っていた私は二つ返事で依頼を引き受けた。

新聞に書評が載ったあと、風の噂で、らもさんも私の文章を喜んでくださった、と聞いた。それはまさに風の噂にすぎないが、そうではあっても、私は、とても嬉しかった。

何だか現実に中島さんに会える気がした。

その書評を通行手形にしようとしたわけではないのだが……。

ちょうどその頃私は『ぴあ関西版』に「まぼろしの大阪」というコラムを連載していた。

連載は二〇〇二年夏から始まり、二〇〇四年夏に単行本一冊分たまった。

その単行本化にあたって語り下しの対談を収録することになった。

私はぜひ中島さんと対談してみたかった。

さいわいなことに中島さんからも、マネージャーの方を通じて、ＯＫが出た。

対談日は当初、七月半ばの予定だったが、中島さんの都合で八月三日に延期された。酔っぱらった中島さんが神戸市内某所で階段から転落したのはその年（二〇〇四年）七月十六日未明、意識は回復することなく十日後、七月二十六日に亡くなる。

つまり私は、中島さんに会えなかった（最初の対談予定日は七月半ばだったと述べたが、それは確か七月十六日以前だ）。

私は中島さんに借りが出来た気がした。

対談予定の数日前に中島さんが事故に遭い亡くなったのだから、普通に考えれば、中島さんが私に貸しをつくったわけであるが、そうではなくて、私は借りが出来た感じがしたのだ。

この奇妙というかネジれた感情は、たぶん、私の中島さんへのリスペクトゆえなのだろう。「会えなかった」人である中島さんに、会えなかったのに、いや会えなかったからこそ、そのような生身の関係を持ちたかったのだろう。

だから集英社文庫の方から、去年、中島さんの文庫解説の依頼があった時、その借りをかえせる機会がきた、と思いながらも、その作品がエッセイではなく小説（私が目を通していない小説）だったので、中島さんの文庫解説ならとてもお引き受けしたいのですが、エッセイ本の時にぜひ、と言って断わってしまった。

その編集者の人からまた依頼があった。今度も小説本だが二度続けて断わってしまったら、また、らもさんへの借りがふえてしまう。

私は即座に依頼を引き受け、作品集のゲラを送ってもらった。

目を通した。

面白く読んだ。

そしてこの解説を書きはじめたわけだが。

私は何を書けば良いのだろう。

現代小説の文庫本のいわゆる解説というものがある。

それをなりわいとしている人も多い。

しかし私は、その「いわゆる解説」ができない。

それは、それをなりわいとしている人たちを馬鹿にしているわけではなく、現代日本の小説を、私が、圧倒的に読んでいないからだ。

現代小説の文庫本の解説を書く人たちは、皆、凄い量の現代小説を読んでいる。その膨大な読書量をもとにその作品の位置づけ（ジャンルにおける、あるいはその作家にとっての位置づけ）を解説文で書く。

それが私には出来ない。

『君はフィクション』を面白く読んだものの、最初に述べたように、私は、中島らもさんの他の小説に殆ど目を通していない。

つまりこの作品の位置づけを書くことが出来ない。

この作品集に収められている小説「コルトナの亡霊」に、「主にユング の深層心理学を教えていた。無意識とか夢とかシンクロニシティだとか、ほらいっぱいあるじゃないか」という台詞が登場する。

シンクロニシティ、シンクロニシティ、そうだあの文章だ。

あの文章にまた目を通してみよう。

中島らもさんで一番好きな文章がある。

私はその文章を時々、再読する。

それは古本の専門誌『彷書月刊』一九八九年十月号に載った「意味のある偶然」という文章だ。

面白エッセイスト・コラムニストとして愛読していたらもさんのこの文章を、雑誌初出で読んだ時、私は、らもさんがとても本格的な読書家であることを知り、一層彼のファンになった。

そういう私にとっても思い出深いエッセイなのだが、その一文でらもさんは、ユングの提唱するシンクロニシティという概念、つまり「意味のある偶然」の構造を説明し、イギリスの作家レベッカ・ウエストの具体例を紹介したのち、自らの実体験について語る。

「二十代の初めの頃、僕はシュールレアリスムの本を読み漁っていた。ランボーやボードレール、マラルメといった人たちの本からはいって、時間的系譜にそって読み流れていくうちにアンドレ・ブルトンにたどりついたのである」。

そしてブルトンたちが出していた雑誌『ミノトール』を知る。「一度でいいから見てみたいものだ、と思っていた」けれど、古本屋で目にすることはなかったし、もしあったとしても「いくらの値段がつけられるのか見当もつかない」。

ところが何たる偶然、それがとても身近かな所に……。

この作品集『君はフィクション』を面白く読んだ、と私は書いた。

一番私の心にひびいた作品は「DECO-CHIN」だ。

まずタイトルにつかまえられた。デコチン、でこちん、これはやまねあおおに・あかおに（のち山根あおおに・あかおに）が『少年画報』に連載した漫画「でこちん」へのオマージュだ。

「でこちん」は一九六〇年代の少年月刊誌ならではの明朗ユーモア漫画だ。その「でこちん」が「DECO-CHIN」へと改題されることで、一九七〇年代八〇年代九〇年代を経て、二十一世紀へと達し、だがあの明朗だった時代への思いを失なわない思いの至福が見事に描かれる。

この作品集のゲラに目を通す前日、私は、私も同人をつとめる雑誌『エンタクシー』

の仕事で、岡林信康をインタビューした。岡林さんはとても美しい六十代のミュージシャンだった。美しい、というのは、つまり、良い年の重ね方をした、ということだ。

岡林さんは、フォークの神様と言われた頃の、コンサート（当時その手のコンサートを主催していたのは労音だった）あとの反省会（意見交換会）のしんどさについて語った。

真摯な人だったから、岡林さんは、そのしんどさの中にある矛盾に堪えられず、時にコンサートをすっぽかした。

私は、そういう時代を経て今ある岡林さんのたたずまいに感銘を受けた。

だから一九七一年の第三回中津川フォーク・ジャンボリーを舞台とした小説「結婚しようよ」の中で、主人公の「おれ」がちょっとオチャラケて口にする「え〜我々、まずはっぴいえんどを目の当《ま》たりに見て、その後三上寛の衝撃的なデビューに立ち合い、そしていよいよ岡林を見るとそれがチキンラーメンに負けるほど、大したことない……」というセリフを目にした時、たしかにそれは正しい見解だったのだろうけれど、気持ちが少し引いてしまった（ただし三上寛の姿はとても強く印象に残った）。

この解説原稿執筆の何か参考にならないだろうかと思い、文藝別冊『中島らも』巻末の「年譜」をずっと眺めていった。

すると、「DECO–CHIN」が、らもさん転落事故三日前に脱稿されたまさに遺稿であることを知った。

しかもその事故は、二〇〇四年七月十五日、「三上寛、あふりらんぽのライヴにギター持参で出かけ、飛び入り出演。終演後、三上寛と飲み交わし、別れたあと」に起きたものだ。

三上寛、「DECO–CHIN」、「でこちん」、中島らも。

らもさんは最後まで見事にシンクロニシティな人だった。

「ねたのよい　――山口冨士夫さまへ――」参考文献
『サブリミナル効果の科学』坂元章ほか編　学文社

「コルトナの亡霊」引用文献
『アデン　アラビア――ポール・ニザン著作集1』篠田浩一郎訳　晶文社

この作品は、二〇〇六年七月、集英社より刊行されたものを再編し、「43号線の亡霊」「ポケットの中のコイン」「ORANGE'S FACE」の三編を新たに収録したものです。

お父さんのバックドロップ

中島らも

ロックンローラー、落語家、動物園園長……

ヘンテコお父さんものがたり

集英社文庫

集英社文庫　中島らもの本

恋は底ぢから

恋は世界で一番美しい病気だ！ご老人の恋愛、いやらしいパパになる条件、結婚についてなど、色とりどりの愛のカタチをみずみずしく語る、恋愛至上主義者らもさんのドトーの恋愛講座。

獏の食べのこし

地上の人口は増えているが、獏の数は減っていて、食べ残す夢の量はどんどん増えている—。夢に酔い、夢の世界をフワフワと浮遊し続ける、〝らもさん〟のおかしくって奇妙な愛のエッセイ。

こらっ

怒りをためるのは、体によくない。「こらっ」といえない性格のらもさん、ムジュンだらけの世の中にカンニン袋の緒をきった。言論の圧殺、心霊商売、麻薬問題などを縦横無尽にこらっ！

西方冗土
カンサイ帝国の栄光と衰退

カンサイは濃い、関西はフカーイ！　ヤクザ、アキンド、ヨシモト。はたまた看板、貼り紙、試験に出る関西弁を考察し、縦横無尽、奇想天外にヨタをとばす痛快エッセイ集。

ぷるぷる・ぴぃぷる

わが女子高の制服はマワシである。涼しくて、しかも安上がりなのダ…、奇妙奇天烈、奇想天外なコントあり、落語あり、小説ありのゴーカ3本立。90秒に一回は笑える笑撃の異能作品集。

集英社文庫　中島らもの本

愛をひっかけるための釘

早く大人になりたい。空を飛ぶ夢ばかり見ていた少年時代、よこしまな初恋、金縛りから始まる恐怖体験、酒の正体…など、喜びと哀しみと羞じらいに満ちた遠い日の記憶を語る。

人体模型の夜

こんなにきれい、こんなにこわい！　盗聴が趣味の男が壁ごしに聞いた女の声の正体は…（「耳飢え」）。耳、目、胃、乳房など、愛しい身体が恐怖の器官に変わるホラー・オムニバス。

ガダラの豚Ⅰ・Ⅱ・Ⅲ

呪術師バキリの呪いパワーを奪え！　テレビの取材でケニアを訪れた主人公を待ちうける驚天動地の大事件。呪術師、詐欺師が入り乱れ、痛快無比の大活躍。日本推理作家協会賞受賞作。

ビジネス・ナンセンス事典

阿諛追従、オフィス・ラブ、中間管理職、腹芸、平身低頭、世渡り…。サラリーマンの身の回りに起こることがらを、独自の切り口でユーモラスに描く爆笑エッセイ。

アマニタ・パンセリナ

ここはアブナイ立入り禁止の世界！　幻覚サボテンや咳止めシロップ、大麻、LSDに毒キノコなど、青春の日の奇天烈体験を通して、ひとの本質、「自失」の世界を考察する。

集英社文庫　中島らもの本

水に似た感情

作家のモンクは友人達とテレビの取材でバリ島を訪れる。バリ島の大きな自然と不可思議な体験の中で、モンクの気持ちは鬱と躁の間で揺れ動く。幻想的なテイストの心安らぐ精神小説。

中島らもの特選明るい悩み相談室　その1　ニッポンの家庭篇

あの伝説の人生相談が、装いもあらたに帰ってきた！　選びぬかれた珍妙な悩みに、鬼才・中島らもが繰り出す名（迷）回答の数々。

中島らもの特選明るい悩み相談室　その2　ニッポンの常識篇

シリーズ第2弾は、「全員0点なら赤点制度はなくなるのか？」「どうして社会の窓というのか？」等々、日本の常識を根本から問い直す、爆笑必至の70篇を収録。

中島らもの特選明るい悩み相談室　その3　ニッポンの未来篇

「結局死ぬと思うと何もかもむなしい」「人間も光合成ができたらいいのに」等々、シリーズ最終巻はニッポンの未来を憂う（？）珍問・奇問が大集合。らもさんが悩める民を救う。

砂をつかんで立ち上がれ

東海林さだおの偉大さを讃え、山田風太郎のナンセンスワールドで遊び、田辺聖子へ切なるラブレターを書く…。鬼才・中島らもの奔放な読書生活が明かされる、本読みエッセイ。

S 集英社文庫

君《きみ》はフィクション

2009年7月25日　第1刷
2025年4月23日　第2刷

定価はカバーに表示してあります。

著　者　中島《なかじま》らも

発行者　樋口尚也

発行所　株式会社　集英社
東京都千代田区一ツ橋2-5-10　〒101-8050
電話　【編集部】03-3230-6095
【読者係】03-3230-6080
【販売部】03-3230-6393(書店専用)

印　刷　TOPPANクロレ株式会社

製　本　TOPPANクロレ株式会社

フォーマットデザイン　アリヤマデザインストア　　マークデザイン　居山浩二

ISBN978-4-08-746457-3 C0193